KB271911

시간이
스며드는
아침

시간이 스며드는 아침

초판 1쇄 펴낸 날 2009년 6월 4일 **지은이** 양이 **옮긴이** 김난주
펴낸이 박설림 **펴낸곳** 도서출판 재인 **디자인** 오필민
등록 2003. 7. 2 제300-2003-119 **주소** 서울시 강남구 도곡동 467-6 대림아크로텔 1812호
전화 02-571-6858 **팩스** 02-571-6857

ISBN 978-89-90982-32-2 03830 Copyright ⓒ 재인, 2009 Printed in Korea.

책값은 뒤표지에 있습니다. 잘못된 책은 바꿔 드립니다.

시간이 스며드는 아침

양이 소설　김난주 옮김

재인

1

답안지 위를 달리던 볼펜이 순간적으로 움직임을 멈췄다. 땀방울이 뚝뚝 낡은 책상으로 떨어져, 나뭇결을 적셨다가 이내 사라졌다. 불현듯 정수리에 유리잔 바닥처럼 두꺼운 안경알 너머로 자신을 쳐다보는 아버지의 시선을 느꼈다. 다시 볼펜이 움직이기 시작했다.

1988년, 1년 중 가장 더운 7월의 사흘 동안 중국의 대학 통일 시험이 치러졌다. 대학 입시 제도가 부활된 지 10년 남짓, 열 명에 겨우 한 명꼴로 뚫을 수 있다는 대학의 좁은 문을 박차고 들어가려면 잠시 쉬면서 땀을 닦을 여유조차 아껴야 한다.

불룩한 배를 내밀고 시험장을 돌아다니던 감독이 교실 앞으로 돌아가, 입을 쑥 내밀고 호루라기를 불었다. 침이나 혹은 땀이 들어갔는지, 호루라기 소리가 눅눅하고 탁하게 들렸다. 운명이 정해지고 말았다. 수험생 모두가 아직도 아쉬움이 남는다는 눈빛으로 책상에 뒤집어 놓은 답안지를 보면서 꾸

물꾸물 밖으로 나갔다.

상큼한 풀 냄새가 얼굴에 닿으면서 머리에 고여 있던 열기가 시원하게 가셨다. 학교 앞은 부질없는 줄 알면서도 답을 맞춰 보느라 고개를 맞대고 있는 수험생들로 넘쳐났다. 길 양옆에도 지친 얼굴에 공허한 표정을 띤 학생들이 빼곡하게 앉아 있었다.

"하오위엔, 이쪽이야."

무심코 길로 나서려는 순간, 등 뒤에서 부르는 소리에 돌아보니 길 옆에 씨에 즈챵이 앉아 있었다.

"시험, 잘 봤어?"

량 하오위엔은 눈을 반짝이며 즈챵 옆으로 다가갔다.

"일단 다 메우기는 했어. 앉아. 너는?"

즈챵은 자신의 헝겊 가방을 하오위엔의 발치에 던졌다.

"꽤 어렵던데. 안 되면 내년에 또 도전하는 수밖에."

하오위엔은 즈챵의 가방을 엉덩이 밑에 깔고 앉아 뻣뻣해진 두 다리를 길바닥으로 쭉 뻗었다.

"내년이라. 아버지가 허락할까. 만날 밭일 거들라고만 하는데."

즈챵은 풀이 폭 죽은 목소리로 말했다.

"내가 가서 설득해 볼게."

"설득보다는 수확하는 거나 거들어 줬으면 좋겠다."

하오위엔의 집은 현청 소재지에서 비교적 가까운 둥린전(東林鎭)에 있고, 즈창은 그 옆 동네인 난푸춘(南福村)에 살고 있다. 둘은 3년 전에 현청 소재지에서 가장 좋은 고등학교에 합격해 같은 반이 되었다. 명문고라 해 봐야 중국 서북부의 가난한 지역인 현청 소재지에는 고등학교가 두 군데밖에 없다. 학생들도 대부분 빈농 출신이라서 주로 학교 기숙사에서 생활했다.

고등학교에 들어가서도 하오위엔과 즈창은 성적이 우수했다. 늘 반에서 1, 2등을 차지했고, 전교에서도 상위권을 다투었다. 서로를 경쟁 상대로 의식하고 조금이라도 앞서기 위해 수업이 끝난 후에도 교실에 남아 공부에 힘을 쏟았다. 그러다 밤이 되어 돌아보면, 교실에 남아 있는 것은 늘 둘뿐이었다. 그런 인연으로 얘기를 나누게 되었고, 모르는 문제가 있으면 서로에게 묻고 가르쳐 주면서 1년을 지내다 보니 둘도 없는 친구가 되었다. 하오위엔은 미소가 늘 얼굴에 붙어 있는 것처럼 부드러운 호남형 인상에 시골 출신이라는 것을 금방 알 수 있을 만큼 수줍음이 많고 말수가 적다. 그런 데 반해 명랑하고 농담을 좋아하고 막무가내형인 즈창은 직선적인 얼굴에 네모진 눈, 키는 180센티미터나 되는 데다 체구도 단단해서 시골 출신 특유의 야성미가 넘친다.

같은 학년 학생들은 매일 밤늦게까지 공부하는 둘을 배려해서인지, 아니면 자신들의 성적이 뒤처진다는 자각이 있어서인지 온돌의 아랫목을 늘 하오위엔과 즈창에게 양보해 주었다. 덕분에 둘은 잘 때도 나란히 잘 수 있었다.

"대학도 같은 데 가자. 그리고 졸업하면 고향으로 돌아와서, 이 학교 선생이 되는 거야. 우리 힘으로 농촌의 아이들을 이 나라의 엘리트로 키워 보자고."

통일 시험 전날 밤, 교실에서 나온 둘은 은색 달빛 아래에서 눈을 반짝이며 그렇게 맹세했다.

오랜만에 집으로 돌아가자, 가족 모두가 식탁을 둘러싸고 앉아 하오위엔을 기다리고 있었다. 안 그래도 시험장에서 느꼈던 아버지의 희망에 찬 눈길이 두꺼운 안경알을 뚫고서 하오위엔의 얼굴에 쏟아졌다. 하오위엔은 자신은 있었지만, 왠지 불안해서 아버지의 눈길을 피했다.

"그래, 시험이 어떻더냐?"

아버지의 눈빛은 조금도 흐려지지 않았다.

"일단 답은 다 썼습니다."

"그게 중요한 거다. 못 쓴 답이 있다는 것은 공부를 안 했다는 소리나 마찬가지니까."

"이제 밥 먹자. 하오위엔, 네가 좋아하는 양러우파오모(羊肉泡饃. 양고기탕에 밀전병을 잘게 찢어 넣어 먹는, 중국 서북 지방의 음식―옮긴이) 만들었다."

어머니가 아버지의 말을 가로막으며 하오위엔의 손을 이끌어 식탁 앞에 앉혔다.

"양러우파오모, 야, 오랜만이네요. 그러고 보니 배가 고픈데요."

하오위엔의 얼굴에 그제야 미소가 떠올랐다. 형과 여동생이 더는 기다릴 수 없다는 표정으로 하얀 달님처럼 생긴 밀전병을 손으로 찢으려던 참이었다.

"애들은, 오늘은 하오위엔부터 먹어야지."

어머니가 하오위엔에게 젓가락을 건넸다.

"오빠, 머무적거리지 말고 어서 먹자."

여동생 하오싱이 짜증을 부리며 하오위엔을 채근했다.

원래 베이징 출신인 아버지는 신중국이 건국된 후 베이징대학에 들어가 철학을 전공하던 엘리트였다. 그런데 "자본가나 지주를 무조건 나쁜 사람이라고 단언하는 것은 변증법에 어긋난다."는 발언을 하는 바람에 1957년의 '반우파(反右派) 투쟁'에 걸려들어 대학을 졸업하기 직전에 우파의 제1진으로 서북 지방의 농촌인 흥치춘(紅旗村)으로 추방되었다.

황투 고원 한가운데 자리한 마을은 베이징 사람으로서는 상상도 할 수 없을 만큼 척박한 곳이었다. 구름 낀 잿빛 겨울 하늘이 저 멀리 아득한 곳에서 황토색 대지와 뒤섞이면서 한없이 펼쳐져 있는데, 그 황막한 풍경 속에 누런 흙으로 지은 집이 드문드문 처마를 맞대고 처량하게 서 있었다고 한다.

세상 물정 모르는 학생은 그날 밤을 눈물로 지새웠다. 다음 날 아침, 계단식 밭을 일구기 위해 뒷산으로 올라갔다. 얼음처럼 차가운 바람에 온 얼굴이 얼얼하고, 눈물 자국 때문에 거칠어진 벌건 피부는 한동안 낫지 않았다. 어머니는 몇십 년이나 지난 지금도, 아버지에게 들은 그 일화를 웃으면서 얘기해 준다.

농업에 힘을 쏟은 지 6년이 지난 어느 날, 촌장이 불쑥 아버지를 불렀다. 마을 초등학교의 선생이 되어 달라는 촌장의 부탁에 아버지는 자신의 귀를 의심했다.

"우파로 찍힌 저더러 아이들을 가르치라는 말씀입니까?"

"당신은 이제 개조되었어. 심기일전해서, 마오 주석을 비롯해 당과 인민에게 죗값을 치르기 위해서라도 아이들을 가르쳐야지. 나라를 위해 자신의 모든 것을 바쳐야지."

공산당이 오랜 세월에 걸쳐 구축한 근거지라 그런지 하는 말도 매우 정치적이었다. 아버지는 감격한 나머지 입술이 떨려 말도 제대로 못했다고 한다.

그리고 2년 후, 한동네 사는 빈농의 딸인 스물네 살의 여자와 결혼했을 때 아버지는 이미 서른 살이었다. 결혼은 꿈도 꾸지 못했다고 한다. 어머니는 학교 교육은 받지 못했지만 심성이 고운 사람이었고, 바느질이나 집안일은 물론 가축을 돌보고 밭일까지 하는, 남자 못지않은 일꾼이었다.

하오위엔이 초등학교에 들어가기 전해였다. 량 씨의 집에 또다시 낭보가 날아들었다. 촌에서 100킬로미터 정도 떨어진 둥린전의 중학교 교장 선생이 보낸 편지였다. 선생이 없어 영어 수업을 못하는 난감한 상황이라 도시에서 내려온 우파 분자를 물색해 보았더니 베이징 대학의 학생이었던 아버지가 있더라는 내용이었다. 아버지는 일주일을 고민한 끝에 둥린전에 있는 중학교에 가기로 결심했다. 훗날, 자식들에게 더 나은 교육을 시키기 위해 그런 결심을 했노라고 들었다.

통일 시험이 끝난 지 한 달이 지날 즈음부터 주위가 어수선해졌다. 하오위엔은 오전에는 늘 집에서 하오싱에게 공부를 가르치고 점심을 먹고는 즈창네 집에 가서 밭일을 거든다. 하오싱은 오는 9월에 이곳에서 가장 가까운 도시인 친두(秦都)

의 고등학교에 진학할 예정이다.

보리 수확의 계절도 지났다. 오늘은 즈창의 동생들을 데리고 뒷산의 비탈에서 감자 캐는 일을 한다. 즈창은 중학교 2학년, 초등학교 5학년, 초등학교 2학년 쌍둥이, 그렇게 네 명의 동생이 있다. 오후의 따가운 햇살 속에 쭈그리고 앉아 맨손으로 흙을 파내고 감자를 생채기 안 나게 조심조심 캔다. 땅속줄기 하나를 쭉 잡아당기면 감자가 데굴데굴 굴러 나온다.

한창 개구쟁이 짓을 할 때인 쌍둥이는 감자 캐기는 하는 둥 마는 둥, 어째 좀 조용하다 싶으면 그림자도 보이지 않는다.

"싼후, 녀석들 찾아와라."

즈창이 흙투성이 손으로 짝 하고 손뼉을 치면서 초등학교 5학년짜리 동생에게 호령했다. 그 소리를 듣자마자 싼후는 벌떡 일어나 산 위로 후다닥 뛰어 올라가더니, 도중에 힐금 뒤돌아보면서 장난스럽게 히죽 웃었다. 앞니가 빠져 더욱 장난기가 많아 보였다.

"나중에 시내에 가 보자."

즈창이 옆에 있는 하오위엔에게 나직이 말했다.

"시내에는 왜?"

"슬슬 발표할 때가 됐잖아. 우체국에 가서 물어보려고."

하오위엔은 고개를 끄덕거렸지만, 만약 떨어지면 어떻게 하나 싶어 불안해졌다.

"집에서 기다려도 되잖아."

"이런 맹추. 좋은 대학부터 차례대로 합격 통지가 오니까, 우체국에 가 보면 누가 어느 대학에 붙었는지도 알 수 있단 말이야."

"그렇구나."

하오위엔은 뻐근한 허리를 폈다.

시내 우체국 앞에는 학생들이 삼삼오오 모여 있었다. 즈챵은 아는 얼굴을 찾으면서, 시치미 뗀 표정으로 주위의 말소리에 귀를 곤두세웠다.

"합격 통지 온 사람 있어?"

"오전에 한 명, 베이징 대학에 붙은 사람이 있었어."

"한 명뿐이야?"

"야, 베이징 대학이래. 대단하다, 올해는 풍작이야."

"친두에 있는 대학에 붙는 경우도 드문데, 올해는 기대가 되는데."

"베이징 대학이 오늘 왔으니까, 친두의 대학은 다음 주쯤 발표하려나."

아직은 희망이 있다. 가슴을 졸이며 즈챵과 그들의 대화를 듣고 있던 하오위엔은 가까스로 마음을 가라앉혔다.

지방에 있는 조그만 대학이라도 상관없다, 한 군데라도 걸려만 주면. 하오위엔과 즈챵은 그런 심정으로 다음 날부터 오후만 되면 밭일은 나 몰라라 하고 우체국을 드나들었다.

우편배달부는 평상시에는 우편물을 하나하나 분류해서 자전거 뒤에 매단 누렇고 너저분한 주머니에 담아 배달을 하러 나간다. 그런데 요즘은 우체국 앞에 모여 있는 학생들을 배려해 대학 이름이 적힌 봉투는 따로 모아 배달하러 나서기 전에 현관 앞에서 이름을 불러준다. 학생들의 기대와 달리 그런 우편물은 하루에 고작해야 두세 통밖에 없는데도 학생들의 수는 날로 늘어 갔다.

8월 중순이 되었다. 서늘해진 바람에 가을의 쓸쓸함까지 묻어왔다. 러닝셔츠 바람으로 수박을 먹으며 기다리는 젊은이들도 가을바람에 축 늘어진 수박 줄기처럼 고개를 푹 숙이고 있었다. 이제 한 오라기의 희망밖에 남아 있지 않았다. 하오위엔과 즈챵도 그런 젊은이들에 섞여 우편배달부가 나오기를 묵묵히 기다렸다.

"씨에 즈챵!"

기다리고 기다리던 목소리였다. 즈챵이 껑충 뛰어오르며 사람들 앞에 선 배달부의 손에서 봉투를 낚아챘다. 하오위엔은 순간적으로 눈앞이 캄캄해져 하마터면 쓰러질 뻔했다.

"량 하오위엔!"

자신의 이름을 부르는 소리에 하오위엔은 정신을 차리고 팔 꿈치로 즈챵의 옆구리를 툭 치면서 기쁨을 드러냈다. 받아 든 봉투는 친두에 있는 친한(秦漢) 대학에서 온 합격 통지서였다.

둘은 환한 얼굴로 장래 꿈을 얘기하면서 가을 채소밭이 기다리는 즈챵의 집을 향했다. 도중에 수수밭에서 이삭이 얼마나 여물었는지 보러 나온 즈챵의 부모와 마주쳤다.

"붙었다고? 친한 대학이 어디 있는 대학이냐? 친두라, 가 본 적은 없지만, 앞으로 돈이 꽤나 들겠구나. 다음 달에는 수수를 수확해야 하는데, 네가 가 버리면 어떻게 하라고. 풍작이라 일손도 모자라는데."

즈챵의 아버지가 머리에 질끈 동여맨 수건을 풀어 시커먼 얼굴을 닦으면서 투덜거렸다.

"당신, 무슨 소리를 하는 거예요. 학벌 없는 집안에서 장원이 나왔는데. 과거에 일등으로 급제한 것이나 다름없다고요. 이게 다 조상의 덕이니, 감사해야죠. 즈챵, 걱정 마라. 엄마가 밥을 못 먹는 한이 있어도 부엌세간이라도 내다 팔아 네 학비를 대 줄 테니까. 자, 집에 가자. 오늘은 수수로 밥을 지어서 축하를 하자. 하오위엔도 먹고 가려무나."

즈챵의 어머니는 손에 들고 있던 수건으로 윗도리에서 바지까지 툭툭 쳐 먼지를 떨어내면서 아버지 쪽을 향해 흥 콧방귀를 뀌며 불만을 드러냈다.

하오위엔의 집도 발칵 뒤집혔다.

"와, 대단하다. 오빠도 친두에 가는 거네. 나도 친두에서 고등학교 가면 친한 대학을 목표로 열심히 공부할 거야."

하오싱이 유독 기쁜 표정으로 조잘거렸다.

6년 전까지 하오위엔네 옆집에 살았던 일본인 잔류 고아 왕 씨 일가는 일본으로 귀국해, 성씨도 예전 성인 구리타를 되찾았다. 그런데 왕 씨의 큰딸 우메가 일본 학교에 적응하지 못해 중국으로 돌아오고 말았다. 우메의 어머니는 친구인 하오위엔의 어머니와 의논해서 우메를 중국 고등학교에 보내기로 했다. 그 김에 친두에 아파트를 빌려 같은 나이에 소꿉동무인 하오싱과 함께 살면서 학교도 같이 다니게 한 것이다.

"역시 아버지의 핏줄을 이었구나. 다들 수재야. 언젠가는 금의환향, 아니지, 큰사람이 되어 베이징에서 일할 수도 있지. 엄마는 정말 뿌듯하다."

어머니는 오래되어 낡고 딱딱해진 이불솜을 한 겹 한 겹 뜯어내면서 말했다.

아까부터 책을 읽고 있기는 한데 한 페이지도 넘기지 못한 아버지의 묵직한 표정 위에도 오랜만에 웃음이 번져 있었다.

고생을 많이 한 탓인지 자글자글한 주름 하나하나에 아무리 씻어도 떨어지지 않을 만큼 켜켜이 낀 세월의 흔적이 어두침침한 불빛 속에서 온화함을 띠고 있었다.

"너도 이제 대학생이로구나. 어째 아버지도 많이 늙었다 했지. 공부는 즐거운 거다."

아버지는 가늘게 뜬 눈으로 어두운 벽을 응시하며 말했다. 그 벽에는 베이징 대학의 빨간 정문 옆에서 찍은, 미소를 머금은 아버지의 젊은 시절 사진이 걸려 있다. 친한 대학 앞에서 아버지보다 멋진 사진을 찍어야지. 그날 밤, 하오위엔은 흥분한 나머지 잠을 이룰 수 없었다.

2

친한 대학은 정말 규모가 큰 대학이었다. 캠퍼스 안에 교학동, 교직원동, 운동장은 물론 교직원 숙사, 학생 기숙사, 식당, 매점, 이발소, 유치원, 초등학교까지 있어 공부는 말할 것도 없고 일상생활에도 전혀 불편이 없는 하나의 타운이었다. 각 건물 외벽에는 건물의 분위기에 맞게 갖가지 색으로 슬로건이 씌어 있었다.

시골에서는 빌딩이라고 하면 누런 벽돌로 지은 3층짜리가 고작이어서, 현청 소재지에 있는 고등학교에 다닐 때부터 하오위엔은 계단이 있는 건물에 살고 싶은 꿈을 품고 있었다. 뜻하지 않게 그 꿈은 대학에 합격한 것으로 현실이 되었다.

학무과에서 여러 가지 절차를 마치자 마 선배가 기숙사로 안내했다. 5층짜리 오래된 건물의 짙은 갈색 외벽에 씌어 있는 '立足秦漢, 放眼世界(친한에 서서 세계를 보다)'란 묵직한 예서체 글씨가 눈에 띄었다.

"이 슬로건만 기억하면 길을 잃지 않겠어."

즈창이 하오위엔의 소맷자락을 잡아당기면서 작은 소리로 말했다. 짙은 갈색의 똑같은 건물이 몇 동이나 늘어서 있는데, 그나마 슬로건이 있어 각 건물을 구별할 수 있다는 것을 하오위엔도 알아차렸다. 앞서 걸어가던 마 선배는 촌티가 줄줄 흐르는 둘을 보고 풋 웃음을 터뜨렸다.

방은 4층 끝에 있었다. 안으로 들어가자 둘이 나란히 걸을 수 있을 만한 너비의 통로 양옆에 2층 침대가 두 개씩 마주 보고 있었다. 다른 침대에는 물건들이 어지럽게 널려 있는데, 창문 쪽의 아래층 두 침대는 휑했다. 온돌에서만 지내 온 둘은 도시 사람처럼 침대에서 자게 되었다는 생각만으로도 기분이 우쭐해졌다. 낡은 이불을 남 앞에서 펼쳐 놓기가 꺼려져, 거들려는 마 선배를 얼른 가로막고 서서는 고맙다고 말하고 밖으로 내보내려 했다.

"나도 이 방 사람이야. 보라고, 저기."

마 선배가 웃음을 참으면서 창가의 침대 위층을 가리켰다.

그제야 겨우 알아차린 둘은 자신들의 어리석음을 머쓱한 웃음으로 얼버무렸다. 선배의 이름은 마 따차이. 광시(廣西)성 출신으로 이번 학기에 공학부 4학년이 되었다. 얼굴 생김은 언뜻 보기에도 남방계였다. 불거진 광대뼈에 윤곽이 뚜렷하고 커다란 눈, 피부는 가무잡잡하고 눈썹도 굵고 짙었다.

각이 지게 자른 머리칼은 어지간히 두꺼운지 고슴도치의 털처럼 비쭉비쭉 하늘로 치솟아 있어, 마치 성이 난 인상이었다.

"Are you OK?"

짐을 보이고 싶어 하지 않는 하오위엔과 즈챵의 속내를 눈치 챘는지, 마 선배는 영어로 말하고는 대답을 기다리지 않은 채 신발을 벗고 두 손으로 침대의 난간을 잡고서 위층 침대로 훌쩍 몸을 날렸다.

그는 베개 옆에 놓인 두꺼운 책을 들고는, 얼이 빠진 듯 멍하니 서 있는 즈챵에게 슬쩍 윙크를 보내고 책을 읽기 시작했다. 즈챵은 벌겋게 달아오른 얼굴로 다시 짐 정리를 시작했다. 벌써부터 언젠가는 위층으로 옮기고 싶은 욕심이 생겼다.

서둘러 짐을 정리한 둘은 캠퍼스 탐험을 시작했다. 넓은 캠퍼스 안을 헤매고 헤매다, 드디어 한가운데 자리한 도서관을 찾았다.

도서관 바로 앞에 대학의 역사를 기록한 커다란 입간판이 서 있었다.

친한 대학의 시원은 신해혁명 이듬해인 1912년, 이 고장 출신의 유명한 은행가가 창립한 국학 중심의 문과 대학이었다. 건국 후 이학부와 공학부가 신설되었고 이 지역의 명문 종합 대학으로 성장했다. 오랜 역사를 거치면서 군벌 할거, 북벌 전

쟁, 5·4 운동, 항일 운동, 내전 등을 경험했고, 저명한 혁명가
와 학자, 문화인을 배출한 빛나는 전통을 지닌 대학이었다.

대학의 역사를 단숨에 읽어 내려간 둘은 뛰는 가슴을 한동
안 진정시킬 수 없었다. 저명한 혁명가, 학자, 문화인……, 그
들 사이에 낄 수 있는 문을 들어섰다. 희망과 환희로 입 안 가
득히 넘쳐흐르는 침을 꿀꺽 힘차게 삼켰다.

교학동 뒤에 있는 호숫가에서 옆으로 죽 이어진 야트막한
언덕은 공원이었다. 그 뒤쪽으로 교직원 숙사와 여학생 기숙
사인 옅은 노란색 건물들이 보였다. 버드나무 그늘에 놓인 벤
치에 삼삼오오 앉아 있는 학생들을 보고서 즈챵과 하오위엔
도 앉으려 했지만, 공교롭게도 빈 벤치가 없어 할 수 없이 호
숫가를 향해 새 발톱처럼 뻗어 있는 버드나무 뿌리 사이에 앉
았다.

온통 누런색인 농촌에서 자란 둘은 마치 흑백 영화 속에 있
다가 갑자기 온갖 색으로 선명한 컬러 영화의 스크린 속으로
뛰어든 기분이 들어 감격하는 한편 시골에서 살았던 18년이
단숨에 멀어지는 느낌이었다.

"나 지금, 왠지 마구 소리치고 싶은 기분이다."

즈챵이 빛나는 눈으로 힐끗 하오위엔을 보았다.

"응, 나, 나도 같은 기분이야."

"내일 아침 일찍, 저 호수를 향해 냅다 소리 질러 볼까?"

"이렇게 기숙사가 많은데, 괜찮을까?"

"괜찮고말고. 물이 소리를 빨아들인다고. 옛날에 우리 동네 저수지에서 여러 명이 멧돼지처럼 소리를 질러 댄 적이 있는데, 아무도 몰랐어."

첫날 밤은 캠퍼스의 분위기에 취해 푸근히 잠들었다. 하오위엔은 출세해서 베이징으로 향하는 도중에, 우파인 아버지가 있다는 사실이 발각되어 사방에서 손가락질을 당하는 꿈을 꾸었다. 하오위엔의 볼이 고통스럽게 실룩거렸다.

"악!"

자신도 모르게 소리를 질렀는데, 커다란 손이 입을 꾹 눌렀다.

"일어나. 호숫가에 가야지."

즈챵의 낮은 목소리였다. 어둠 속에서 하오위엔은 비몽사몽간에 옷을 입고, 즈챵의 손에 끌려 잠이 덜 깬 채로 기숙사를 나섰다. 아침 이슬에 촉촉이 젖은 차가운 바람이 불었다. 푸르르 몸을 떨고, 콧구멍을 벌렁거리면서 탐욕스럽게 아침 공기를 마셨다.

"아, 달다."

걸음을 멈춘 하오위엔이 즈챵의 손을 뿌리치고는 힘껏 자신의 볼을 때렸다.

"상쾌하지? 역시 친한 대학이야. 공기까지 달다."

즈챵도 입을 쩍 벌리고 하품을 했다.

둘은 나뭇잎 사이로 새어 드는 희미한 달빛을 받으며 자잘한 돌이 깔려 있는 길을 걸었다. 제대로 가고 있는 것인지 방향이 애매했다. 새벽하늘에 낀 구름 사이로 초승달이 흥미로운 표정으로 내려다보고 있다는 것도 모르는 채 하염없이 앞으로 걸어가자, 바람과 물이 빚어내는 소리가 들려왔다. 흥분되어 잠이 싹 달아났다. 긴장감도 들끓었다.

"어이, 나 해냈어! 좋다!"

즈챵이 두 손을 나팔 모양으로 모아 입에 대고서 소리를 질렀다.

"야, 호숫가, 아직 멀었어."

"어때. 너도 외쳐 봐, 기분 좋아."

"어이! 나 량 하오위엔이다. 해냈어. 나라에 보탬이 되는 인재가 될 거야!"

"야, 목소리가 제법 우렁찬데."

즈챵이 놀란 표정을 짓자 하오위엔은 머쓱하게 웃었다.

"씨에 즈챵도 분발할 거다. 언젠가 혁명가, 아니 문학자가 될 거야!"

즈창이 더 큰 소리로 외쳤다. 둘은 앞으로 걸어가면서 또 외쳤다. 얼마나 시간이 흘렀을까, 호숫가에 도착했을 때는 동쪽 하늘이 물고기의 배처럼 희멀겋게 밝아 있었다. 이른 아침부터 밖에 나와 책을 읽고 있는 학생들이 있었다. 예기치 못한 광경에 둘은 얼굴을 마주 보며 혀를 쏙 내밀고 어깨를 으쓱하고는 얼른 어제 앉았던 버드나무 밑으로 도망쳤다.

중국문학과는 이 대학에서도 가장 역사가 깊은 학과이다. 올해는 전국 각지에서 약 120명의 신입생이 들어왔다. 입학식 후, 신입생들만 모인 강의실에 조교가 들어와 학생 수를 확인하고, 앉은 순서대로 자기소개를 하라고 지시했다.

"량 하오위엔입니다."

앞줄 한가운데에 즈창과 나란히 앉은 하오위엔에게 일찌감치 차례가 돌아왔다.

"새벽에 소리 지른 사람이 너 맞지?"

왼쪽 줄에서 억센 사투리가 들려왔다. 방금 전에 자기소개를 한, 쓰촨(四川) 성에서 온 판량이라는 남학생이었다.

갑작스러운 질문에 하오위엔은 준비한 대사를 잊어버려 더듬더듬 겨우 자기소개를 끝냈다. 와글와글 웃는 소리 속에서 의자에 앉아 머리를 책상 높이까지 숙였다. 쥐구멍이라도 있으면 들어가고 싶은 심정이었다. 하오위엔 옆에 앉은 즈챵이 피식 웃으면서 일어섰다.

"죄송합니다. 전 량 하오위엔과 함께 소리를 지른 씨에 즈챵이라고 합니다."

웃음소리가 더 커졌다.

"뭐라고 소리를 질렀는데?"

"그러니까, 여러……가지 말을……."

즈챵 역시 당황해서 말을 더듬고 말았다.

"자기 이름에, 혁명가가 되겠다는 둥, 그랬지."

또 판량의 억센 사투리.

"그렇습니다……분발하겠다……뭐, 여러 가지로. 이 대학에 들어와서 너무 기쁜 나머지, 외치고 싶을 정도로 기뻐서, 그만."

"이해하지, 그 마음."

동조자가 생겼다.

"음, 맞아. 나도 외치고 싶은걸."

웃음소리가 이번에는 왁자지껄 떠드는 소리로 바뀌어 강의실을 가득 메웠다.

"여러분의 기분은 잘 압니다. 나도 이 대학에 들어왔을 때 그런 마음이었으니까요. 그 마음을 절대 잊지 말고, 학업에 정진하고 학문을 익혀, 장래 나라를 위하고 인민을 위하여 공헌해 주기를 바랍니다. 여러분의 양어깨에 이 나라의 미래가 달려 있습니다.”

조교가 상기된 얼굴에 감격한 목소리로 그렇게 말했다.

잠잠하던 강의실에 짝, 박수 소리가 났다. 이어서 짝짝, 짝짝. 순식간에 힘찬 박수 소리가 여기저기서 터져 나왔다. 이때부터 판랑을 비롯한 동급생들은 즈챵과 하오위엔을 ‘두 마리 늑대’라고 부르기 시작했다. 즈챵은 즈랑(志狼), 하오위엔은 하오랑(浩狼)이 되었다.

툭하면 길을 잃었던 캠퍼스도 한 달이 지나자 눈을 감고서도 원하는 곳을 마음대로 갈 수 있을 정도로 익숙해졌다. 친구가 하나 늘어나면 새로운 세계도 하나 늘었다. 마 선배를 통해서는 구이린(桂林)의 산수를 알았고, 판랑에게서는 촉도(蜀道. 쓰촨 성으로 가는 험준한 길을 가리킴―옮긴이)를, 장난(江南) 출신의 학생을 통해서는 시후(四湖) 지역에서 나는 룽징(龍井) 차를, 또 산둥(山東) 출신 학생에게서는 펑라이 산(蓬萊山)과 그 앞의 작은 섬들을 배웠다. 중국이란 나라가 얼마나 거대한지, 경탄하는 나날이었다.

밤에 기숙사로 돌아와 보면 마 선배는 침대에서 늘 변함없는 자세로 책을 읽고 있었다. 전부 영어책이었다. 미국에 친척이 있어서 토플 시험을 치러 유학한 후에, 언젠가는 전 세계에 통용되는 미국 대학 박사 학위를 따고 싶다는 마 선배의 까마득한 꿈을 몇 번이나 들었다.

"그 제국주의 나라 미국에 유학을 한다는 겁니까?"

즈창이 고개를 갸웃거리며 납득할 수 없다는 듯 물었다.

"Oh, No, Not 제국주의, It's 민주주의, You know?"

마 선배는 집게손가락을 자신의 입 앞에 세우고 좌우로 흔들면서 심각한 표정으로 즈창의 말을 부정했다.

"미국이 민주주의 나라인가요?"

"Of course. 과학이 발달한, 풍요롭고 자유로운 나라지."

"흐음."

하급생들은 모두 고개를 갸우뚱하면서 머릿속으로 미국이란 나라를 그렸다.

이 방에는 마 선배 외에 2학년생 세 명, 하오위엔과 즈창을 포함해서 1학년생 네 명, 그렇게 모두 여덟 명이 생활하고 있다. 마 선배를 비롯해서 올빼미족은 세 명이고 나머지는 아침 일찍 일어나는 참새족이었다. 일요일 아침에 늦잠을 자는 것 말고는 일주일에 엿새를 밖에 나가 공부한다. 날이 밝으면 벌써부터 공원에 하나 둘 학생들이 모여들고, 아침 해가 옅은 노란색 여학생 기숙사 건물 위로 떠오를 무렵이면 사방이 공부하는 학생들로 북적거린다. 그리고 자리 잡는 당번을 정하기 좋게 대체로 기숙사의 방별로 그룹이 나뉘어 있었다.

10월이 지나고 11월도 지났다. 하루가 다르게 날씨가 추워지면서 참새족 중에서도 밖에 나가기가 싫어 마 선배의 올빼미족에 합류하는 사람도 생겨났다. 바이오리듬과 무관한 즈창과 하오위엔 역시 아침 일찍 일어나기는 해도 이불 속에서 추위를 견디면서 침대 위에 켜 놓은 스탠드 불빛 아래서 책을 읽는 날이 많아졌다. 그 탓에 어쩔 수 없이 잠을 깨게 되는 마 선배는 잠이 부족해 즈창과 하오위엔에게 늘 불만을 털어놓았다.

"Crazy, so crazy."

마 선배가 입술을 실룩거리며 그렇게 말할 때면, 윤곽이 뚜렷한 얼굴에 하얀 이가 유난히 눈부시게 빛나고, 혀에 밀려 나온 침이 이 사이로 튀어나왔다.

"Sleepy, Sleepy, I'm sleepy all day!"

하급생들은 사정이 딱한 마 선배를 향해 고개를 끄덕이며 묵묵히 동정을 표하는 수밖에 없었다.

"불빛도 어두운데 이불 속에서 책을 읽으니까 눈에 영 안 좋은가 봐. 요즘 들어 눈이 많이 아파."

어느 저녁, 도서관에서 나와 기숙사로 돌아가는 길에 즈챵이 그렇게 뜬금없는 소리를 했다.

"너무 추워서 어차피 다들 밖에 안 나가니까, 호숫가를 따라 조깅이나 할까? 영어도 외울 수 있고, 소리를 지른다고 뭐라고 할 사람도 없을 테니까. 운동에 공부, 일거양득 아니겠어?"

"꽤 추울 것 같은데. 그래도 한번 해 볼까?"

"그럼 모레 아침부터 시작하자. 내일 1교시는 깐 교수의 '5·4를 읽다' 강의인데, 졸면 안 되잖아."

"그래, 그럼 내일 모레부터. 공부가 더 잘될지도 모르겠다."

둘은 사람 하나 없는 이른 아침의 공원을 독점하는 상상을 하면서, 횡재라도 한 듯한 기분을 느꼈다.

3

깐 링저우 교수는 친한 대학에서는 보기 드문 삼십 대 젊은 교수이다. 가늘고 세련된 금테 안경을 끼고 있고, 안경 너머 눈은 금테 안경 못지않게 늘 반짝반짝 빛난다. 곁에 다가가면 그의 탁월한 재능이 빛나는 눈과 함께 피부로 느껴진다.

대학생 시절에 이미 권위 있는 문학잡지에 당시 유행하던 몽롱시(朦朧詩)를 발표해 한때 문학계에서 주목을 끌었던 인물이다. 훗날 친한 대학의 강사로 부임하면서는 강의에서 중국 21세기 초 신문화 운동을 다뤄 인기를 모았다. 그의 강의 시간에는 대강당이 발 디딜 틈조차 없을 만큼 학생으로 가득 찬다.

문화 대혁명 당시, 신문화 운동 시대 작가들의 작품은 대부분 금서가 되었다. 작가 본인도 해외나 타이완 또는 홍콩으로 망명했고, 대륙에 남아 있던 사람들은 대개 농촌으로 추방당해 노동 개조에 임해야 했다. 문화 대혁명이 끝나면서 금서들이 해금은 되었지만, 재출판에는 신중을 기했기 때문에 읽을 수 있는 작품은 아주 적었다. 혁명 소설에 푹 빠져 성장한 즈 챵과 하오위엔은 선충원(沈從文)이나 쉬즈모(徐志摩)의 작품을 읽고 나서 중국에도 이렇게 인간적인 문학 작품이 있었나 싶 어 충격을 받았다.

간 교수의 강의는 다른 교수의 강의와 근본적으로 다른 점 이 있었는데, 시인인 간 교수가 작품을 대할 때 보이는 감정 의 몰입이 그것이었다. 작품의 분위기에 따라 깊이 있는 목소 리에 감정을 담뿍 실어 때로는 유창하게, 때로는 부드럽게, 때로는 격앙되어 읽어 나간다. 그러면 문인다운 하얀 얼굴에 점차 핏기가 어리면서 목소리를 따라 붉게 물들어 간다. 듣는 이의 감정도 목소리에 사로잡혀 고조되었다가 나락으로 떨어 진다.

가을날의 쓸쓸한 정취런가
저 먼 바다를 향한 마음이런가
만약 내 수심의 정체를 묻는다면
그녀 이름을 입에 담지는 못하리

오늘은 1930년대 시인인 다이왕수(戴望舒)의 시를 다뤘다. 감정이 끓어오르는지 간 교수는 시를 읽다가 중간에 갑자기 끊고서 긴 한숨을 몰아쉬었다.

깐 교수의 목소리가 흐르는 공기의 리듬에 자잘하게 떨리면서 강당 구석구석까지 전해졌다. 학생들은 그 리듬을 흩트리지 않으려 모두 숨을 죽이고, 그 목소리를 놓치지 않으려 하나같이 귀를 곤두세웠다. 시 낭독이 끝난 후에도 숨죽인 시간은 한동안 계속되었다.

연애는커녕 짝사랑조차 해 본 적이 없는 하오위엔은 깐 교수의 목소리를 따라 써늘한 가을의 정취, 그리고 바다를 향한 애틋한 마음과 함께 가슴속에 수심이 번져, 눈가가 축축하게 젖어들었다.

겨울밤은 정말 길다. 아침 다섯 시인데도 여전히 캄캄하고, 싸늘한 하늘에 돋은 가느다란 달 그림자에 별들이 나른하게 반짝인다. 돌길은 얇게 덮인 서리로 하얗게 물들어 있고, 잎이 다 떨어진 나뭇가지에는 얼음꽃이 피어 어둠 속에서도 반짝반짝 빛난다. 하오위엔과 즈창은 기숙사를 나서자마자 차가운 바람에 몸을 움츠렸다. 밤새 몸을 덥혀 주었던 이불의 온기가 금세 빠져나가고 잠기운도 순식간에 달아났다. 둘은 아무도 없는 호숫가를 따라 천천히 뛰면서 번갈아 다이왕수의 시를 복창했다.

"가을날의 쓸쓸한 정취런가."

하오위엔의 입에서 목소리와 함께 하얀 숨이 나와 안개가
되어 사라졌다.

"저 먼 바다를 향한 마음이런가."

즈챵은 하오위엔보다 큰 목소리와 큰 숨으로 하얀 구름을
만들었다.

"만약 내 수심의 정체를 묻는다면."

"그녀 이름을 입에 담지는 못하리."

둘의 이마에서 김이 모락모락 오르기 시작했다. 하얀 구름
도 덩달아 부풀었다가 한기에 녹아들었는지 눈 깜짝할 사이
에 사라졌다.

"휴식, 휴식."

즈챵이 숨을 헐떡거리면서 비틀비틀 움직임을 멈췄다.

"우리 목소리로 읊으니까 이렇게 훌륭한 시가 아무런 운치
도 없다. 다이왕수에게 미안하지 않나?"

뛰기도 했거니와 흥분한 탓에 즈챵의 얼굴이 붉게 물들어
있었다.

"정말 그래. 마오 주석의 어록을 낭독하는 꼴이다. 계급투
쟁을 명심하라는 식이야."

"감정을 더 넣어서, 부드럽게. 가을날의 쓸쓸한 정취런

가……."

"목소리가 좀 떨리는 거 아니야?"

"떨리는 게 좋지."

"추워서 떠는 것 같은데."

"음, 역시, 공기 때문인가."

즈챵은 얼어붙은 수면을 바라보며 중얼거렸다.

"하지만 공기가 이러니까, 왠지 경치도 각별하게 느껴지는데."

하오위엔은 숨을 길게 내쉬면서 말했다. 마치 문인이라도 된 말투였다. 즈챵은 낯선 사람을 보듯 하오위엔을 힐금 노려보더니 더는 참지 못하고 웃음을 터뜨렸다.

"그거 꽤 멋들어진 말인데. 공기가 이러니까 목소리도 아마 맑게 들릴 거야. 낭독 연습에는 더없이 좋은 환경일지도 모르겠다. 이런 데서 연습을 해야지."

둘은 버드나무 아래에서 걸음을 멈추고 호수를 향해 섰다. 그리고 숨을 깊이 들이쉬고 내쉬면서 등을 반듯하게 세우고 가슴을 쫙 폈다.

"하오랑."

언제부터인가 즈챵과 하오위엔 역시 서로를 별명으로 불렀다.

“먼저 해 봐. 내가 조언해 줄 테니까.”

하오위엔은 흠흠, 헛기침을 하면서 목을 가다듬고는 두 손을 가슴에 대고 그럴듯하게 낭독을 시작했다.

“가을날의 쓸쓸한 정취런가.”

“목소리를 더 낮게. 그리고 감정을 더 실어.”

즈챵이 대뜸 그렇게 조언했다.

“저 먼 바다를 향한 마음이런가.”

“숨을 더 내쉬어. 깐 교수처럼 말이야.”

“만약 내 수심의 정체를 묻는다면.”

하오위엔은 추위에 얼어붙은 턱을 부들부들 떨었다. 아래 윗니가 딱딱 부딪치는 소리가 나면서 낭독이 끝났다.

“잘했어. 마지막 떨림이 특히 좋았어. 이제 낭독의 진수를 조금 알게 된 것 같군.”

즈챵은 두툼한 장갑을 낀 손으로 열심히 박수를 쳤다. 장갑 탓에 박수 소리가 짝짝이 아니라 탁탁, 둔탁하게 울렸다.

추위 속에서 낭독 연습을 한다. 둘은 낭독 동호회를 만들기 위해 같은 과 친구들에게 그런 다짐을 토로했다.

“좀 미친 거 아니야?”

“역시 부지런한 농민은 다르군.”

바라는 바와는 반대로 놀림만 당했다. 덕분에 두 마리 늑대가 '추운 하늘에 울부짖는 두 마리 늑대'로 진화하고 말았다.

추운 하늘에 울부짖는 버릇이 들어 버린 둘은 낮에는 도서관에 틀어박혀 책을 섭렵하는 한편 시를 의식하게 되었고, 기숙사로 돌아가기 전까지 다음 날 아침의 낭독을 위해 하루에 한 편씩 시를 고르는 것이 일과가 되었다. 중국의 시인을 거의 정복한 후에 외국 시에도 도전했다. 겨울 하늘의 고요함, 싸늘하고 맑은 공기, 그리고 사람 하나 없는 호숫가 공원 등 훌륭한 환경을 등에 업고 목소리도 하루가 다르게 대담해졌다. 배에 힘을 주고 소리를 내어 보기도 하고, 목구멍에서 후두부를 거쳐 나오는 소리를 내어 보기도 하고, 소에서 원숭이까지 온갖 동물의 소리를 흉내 내고 다양한 감정을 실으면서 놀듯이 낭독을 하다 보니 목소리의 톤을 자유자재로 조절할 수 있게 되었다.

사흘간의 원단(元旦. 양력설) 휴가 동안 학생들이 방에 틀어박혀 기말 시험 공부에 몰두하자 캠퍼스가 평소보다 얼마간 조용해졌다. 해 질 녘의 교내에 눈발이 살랑살랑 휘날렸다.

다음 날 아침 둘은 또 밖으로 나갔다. 눈에 덮인 캠퍼스는 전혀 다른 세계였다. 서 있는 발밑에서 나뭇가지, 건물의 지붕까지 모두 새하얬다. 호숫가가 가까워지자 주변에 있던 낮은 울타리와 작은 집과 오솔길이 모두 두툼한 하양에 덮여 사방이 무척이나 드넓어 보였다. 오래도록 가슴 어딘가에 짓눌려 있던 무언가가 시원스레 해방되면서 심장이 두근거리는 감격을 느꼈다.

O wild west wind

thou breath of Autumn's being

Thou from whose unseen presence

the leaves dead

Are driven

like ghosts from an enchanter fleeing……

즈창이 낭독을 하다 말고, 차가운 공기를 한껏 들이마셨다.
"시골 눈과 다르게, 상당히 감동적이군."
"시가 있으니까 풍경까지 멋지게 보이는 것 같아. 어제, 셸리의 이 시를 마 선배에게 보여 줬어."
"그랬더니, 뭐래?"
"전혀 모르던데. 누가 이렇게 엉터리 영어로 시를 썼느냐고 하더라니까. 마 선배, 순전히 허풍쟁이야."
즈창은 호쾌하게 웃었다.
하오위엔도 참을 수 없어 껄껄 웃었다.

"시끄러워요."

그때 갑자기 뒤에서 여자의 신경질적인 목소리가 들렸다. 돌아보니 낡은 군용 코트를 헐렁하게 걸쳐 입은 자그마한 여자가 서 있었다. 그녀는 빨간 털목도리로 머리부터 뺨까지 둘둘 감싸고 있었는데, 밖으로 튀어나온 동그란 코끝이 입술만큼이나 붉었다. 검고 숱 많은 앞머리가 눈썹까지 덮고 있었고, 서리가 내려 하얀 긴 속눈썹을 언짢은 듯 깜박거렸다. 축 늘어진 코트 자락 아래로 끝이 고기만두처럼 둥글둥글한 부츠가 보였다.

"아, 죄송합니다."

둘은 깜짝 놀라 어깨를 구부리고, 고개를 옷깃 속으로 한껏 움츠리면서 모깃소리로 사과했다.

"여긴 공공장소라고요. 공부하는 사람이 둘만 있는 건 아니잖아요."

그렇게 말하고 여자는 뒤돌아 가 버렸다. 뒷짐을 진 두 손에는 두꺼운 책 한 권이 들려 있었다.

하오위엔과 즈창은 얼굴을 마주하고서, 잠시 할 말을 잃었다.

4

열흘 동안인 춘절(春節. 음력설) 휴가에 고향으로 돌아갔던 학생들이 하나 둘 학교로 돌아오자 다가오는 기말 시험에 대한 긴장감도 고조되었다. 고향이 가까운 하오위엔과 즈창은 룸메이트들 가운데 제일 일찍 돌아왔다. 그다음 날 아침에 마 선배도 커다란 짐 보따리를 들고 돌아왔다.

"너희들이 나보다 빨리 돌아왔구나."

생각지 않게 먼저 와 있는 둘을 보고 마 선배는 낙담하는 투였다.

"아무도 없는 틈에 공부하려고요."

즈창은 자랑스럽게 대답했다.

"So bad, It's so bad for me."

마 선배는 머리를 절레절레 내젓고는 눈살을 찌푸렸다.

대화가 끊겼다. 마 선배는 실쭉한 표정으로 탁탁 소리를 내며 가방에서 책을 꺼내 자신의 침대로 올라갔다. 즈창은 자신은 무관하다는 듯 읽던 책을 다시 읽기 시작했다. 성격이 소

심한 하오위엔은 즈챵처럼 태연하게 굴 수가 없어 거북한 심
정에 책으로 얼굴을 가리고 자는 척했다.

이튿날 아침, 후난(湖南) 성으로 돌아갔던 1학년생 후 리슈
가 돌아왔다. 방 분위기가 어색한 것을 눈치 챌 새도 없이 어
깨에 멘 묵직한 가방을 자신의 침대에 조심스럽게 내려놓고
는 수수께끼 같은 표정을 지으며 말했다.

"자들, 이 안에 뭐가 들어 있는지, 맞혀 보라고."

"그래 봐야, 후난의 고추장 두부나 고추장이 들어 있겠지."

마 선배가 책을 슬쩍 내리고 초췌한 얼굴을 보이며 말했다.

"흥, 흔해 빠진 고추장 가지고 이렇게 큰소리를 치겠어요."

리슈는 콧방귀를 뀌고는 눈을 번뜩거리며 조심조심 가방
의 지퍼를 열고 안에서 마르크스의『자본론』크기만 한 기계
를 꺼냈다. 즈챵이 뒤에서 다가가 그 신기한 기계로 손을 뻗
었다.

"잠깐, 내가 들려줄 테니까, 만지지 마."

리슈는 콘센트를 찾으면서 심히 불안하다는 듯 즈챵과 하오
위엔 쪽을 힐금힐금 돌아보았다. 무슨 일인지 모르는 마 선배
가 책을 내려놓고 침대에서 슬금슬금 내려왔다.

"징, 쿵, 쿵, 징……."

큰북과 징의 쩌렁쩌렁 울리는 소리에 날카롭고 애절한 징후

(京胡. 중국 전통 현악기의 하나—옮긴이) 소리가 섞인 경극의 음악이 온 방에 울려 퍼졌다.

"윽, 시끄러워."

마 선배가 얼른 두 손으로 귀를 막았다. 즈챵과 하오위엔도 왕왕 울리는 소리에 압도되었다.

"아, 이거 미안, 미안합니다. 이걸 돌리면, 이렇게. 작아졌지."

리슈의 손가락 움직임에 따라 소리가 바뀌었다.

"양쯔룽(楊子榮)이 부르는 부분이야. 나도 꽤 한다고, 그렇지, 하오랑?"

아는 곡이 나와서 신이 난 즈챵이 억지로 높은 소리를 내며 경극의 음률에 맞춰 노래했다.

"경극이라고? 제발 참아 줘라. Crazy, Crazy, I'll be Crazy."

마 선배의 이 사이에서 또 침이 튀어나올 뻔했다.

"알겠습니다요. 하지만 앞으로가 좋은 대목인데."

다들 기계에 정신이 팔려 마 선배의 침 따위는 안중에도 없었다.

"이것도 한번 들어 봐."

리슈가 테이프를 바꿔 끼우고, 집게손가락과 가운뎃손가락을 겹쳐 초록색 선이 그려져 있는 버튼을 눌렀다. 마을 회관의 커다란 스피커에서 왕왕 울리는 혁명가밖에 들은 적이 없는 즈창과 하오위엔의 귀에 더없이 신선한 소리가 들려왔다.

"얼마나 사랑하고 있는지, 얼마나 사랑하고 있는지, 잘 봐요, 잘 생각해 봐요, 저 달에 비치고 있는 것은 내 마음……."

하오위엔의 입 안에 침이 잔뜩 고였다. 스피커 앞에 딱 달라붙어 있는 즈창의 푸스스한 머리에 신경을 쓰면서 언제 침을 삼키면 좋을지, 분위기를 살폈다.

꿀꺽. 음악에 흠뻑 빠져 있는 즈창에게서 침을 삼키는 소리가 났다. 하오위엔도 더는 참을 수 없어, 흘러나오는 감미롭고 애틋한 노랫소리와 함께 입 안에 고인 것을 단숨에 삼켰다. 침은 다디단 샘물처럼 목구멍에서 온몸으로 퍼지고 뼈에도 스며들었다. 그러고는 온몸에 돋은 따끔따끔하고 껄끄러운 가시 같은 무엇을 부드럽게 어루만졌다. 무뚝뚝하던 청년의 눈이 맛나게 밥을 먹고 한숨 쉬려는 새끼 고양이처럼 게슴츠레 풀어졌다.

"테레사 텐이로군. 나는 고등학교 때부터 들었기 때문에 다 알아. 얼마나 사랑하고 있는지……."

마 선배는 사투리 억양으로 흥얼거리며 음악에 몸을 실었다. 즈창과 하오위엔이 동시에 고개를 돌리고는, 부러운 듯 마 선배를 다시 보았다.

"하지만 학교 기숙사에서 이렇게 퇴폐적이고 음란한 노래를 들어서야 쓰겠어?"

마 선배는 흥얼거리던 소리를 멈추고 심각한 표정으로 말했다.

리슈는 얼른 기계의 다이얼을 돌려 음량을 낮췄다. 하오위엔도 수치스러워 옆에 있는 즈챵의 얼굴을 돌아보았다. 즈챵은 목덜미까지 뺼겋게 물들어 있었다. 사랑이다 연애다, 부패한 자본주의의 정서에 하마터면 휘말릴 뻔했다. 하오위엔은 도망치듯 스피커에서 몸을 떼고 침대에서 아무 책이나 하나 집어 방을 나가려고 했다. 즈챵이 얼른 하오위엔의 팔을 잡고 부리나케 따라 나갔다.

알게 모르게 추위가 누그러들면서, 아침 햇살 비치는 수면에 얼음덩이가 점점이 떠 있었다. 무수한 점이 모여 커다랗게, 눈이 부시게 빛났다. 그 얼음이 모두 녹을 무렵, 수면은 거대한 거울로 변모했고, 반사되는 햇살이 눈부신 봄을 맞았다. 호숫가의 버드나무도 납 같은 회색에서 청아한 초록색으로 옷을 갈아입었다. 살랑거리는 바람에 새싹이 소시락거렸다.

추운 하늘에 울부짖다 여학생에게 혼쭐이 난 후로 즈챵과 하오위엔은 매일 아침 호숫가에 오면 우선 사람이 있는지 사방을 살폈다. 그리고 아무도 없는 것을 확인하고서야 안심하고 소리를 질렀다. 그러다 사방을 빠짐없이 살피기 위해 등을 마주 대고 반대 방향으로 서서 낭독 연습을 하게 되었다. 어슴푸레한 주위를 한 바퀴 죽 돌아보고 서로 고개를 끄덕이면서 안심한 후에 시를 베낀 종이를 주머니에서 꺼내 읽는 것이다.

"O wind, If winter comes, can spring be far behind?"

버드나무 뒤에서 낡고 헐렁헐렁한 군용 코트를 걸친 자그마한 여자가 또 나타났다.

"아, 안녕, 하세요?"

둘은 조심조심 인사를 건넸다.

"추운 하늘에 울부짖는 두 마리 늑대로군."

여자는 장난기 어린 눈빛으로 둘을 보며 미소 지었다. 단발머리에 목에는 빨간 목도리를 둘둘 감고 있어 마치 중학생처럼 보였다.

"중국문학과의 량 하오위엔입니다. 그리고 이쪽은 같은 과의 즈랑."

긴장한 나머지 하오위엔은 즈챵의 이름을 별명으로 말하고 말았다.

"씨에 즈챵입니다. 그쪽은?"

즈챵이 한 걸음 앞으로 나서면서 오른손을 내밀었다.

"빠이 잉루, 영문학 전공이야."

여자가 장간을 낀 채로 손을 내밀었다.

테레사 텐의 노래를 들은 후부터 방 분위기가 갑자기 어색해졌다. 겨우 몇 소절을 들었을 뿐인데, 멜로디의 여운이 마치 하오위엔을 골탕 먹이려는 듯 뇌리에 들러붙어, 떨어내면 떨어내려 할수록 선명하게 되살아났다. 당황스러워 뒷머리를 때려 보아도 소용이 없었다. 즈챵에게 의논하고 싶었지만, 스피커에 귀를 대고 있던 모습이 떠올라 수치스러움에 입을 다물곤 했다. 그런데 즈챵은 평소와 다름없는 태연한 모습이었다. 하오위엔은 더더욱 풀이 죽었다.

"저, 테레사 텐의 노래 말이야."

애써 말을 꺼냈다가도, 그 다음 말이 이어지지 않았다.

"그게 뭐?"

즈챵은 난감해하는 하오위엔에게 오히려 공세를 퍼붓는다.

"아니, 그게 별건 아닌데, 그러니까 그, 퇴폐적인 음악의 침투력이 참 굉장하고 무섭다는 생각이 들어서."

하오위엔은 말을 더듬으며 어색한 표정을 지었다.

"왜?"

"왜는, 너는 그 멜로디에 침투당하지 않았어?"

하오위엔은 의기소침해지고 말았다.

"글쎄, 그걸 침투라고 해야 하나? 사랑이란 감정, 그거 잘못된 거 아니잖아. 나라를 사랑하는 건 괜찮은데, 사람을 사랑하면 안 된다는 건가?"

즈챵이 고개를 숙인 채 중얼거렸다.

"듣고 보니 그런데. 왜 안 되는 걸까?"

예기치 못한 즈챵의 반응에 하오위엔은 당황스러웠다.

"침투당했다는 거, 어떤 느낌인데? 감동했다는 거잖아."

"표현은 잘 못하겠지만, 뭐랄까, 곡이, 아니 가사도 그렇지만, 이명처럼, 귀에 항상 맴돌고 있는 것 같기도 하고, 아닌 것 같기도 하고."

"그 마음 안다, 나도 마찬가지니까. 그래서 불안한 거 아니겠어?"

"그래, 맞아. 좀 괴로워."

즈챵은 역시 마음이 통하는 친구였다.

때마침 불어온 봄바람에 힘입은 둘은 용기를 내어 왠지 들썩거리는 속내를 리슈에게도 털어놓았다. 리슈는 같은 방의 모두를 모아 놓고 의논했다. 그 결과 잠들기 전 30분을 음악 감상에 할애하기로 했다.

각자가 테레사 텐을 비롯해 홍콩과 타이완에서 유행하는 노래의 테이프를 어떻게든 입수해서 가져와 들었다. 룸메이트 전원이 이불 속에 들어가 음악 소리가 밖으로 새어 나가지 않도록 들릴락 말락 하게 음량을 줄이고는, 두근거리는 가슴을 애써 눌러 가면서 한때를 즐긴다. 30분이 지나면 잠 못 드는 긴긴밤, 달콤한 멜로디를 몇 번이나 되뇌면서 잠들기 위해 노력한다. 그리고 그 애틋하고 행복한 기분은 꿈속까지 이어진다.

언제부터인가 깐 교수를 따르는 학생 서너 명이 강의가 끝난 후에 자발적으로 모이게 되었다. 도서관으로 가는 오솔길에서 중정으로 통하는 길목 몇 군데에 돌 벤치가 놓여 있는데, 학생들은 차가워서 그곳에는 앉지 않고 땅바닥에 주저앉아 주워 온 나뭇가지로 땅에 글자를 써 가며 강의를 되새겼다.

복습을 하면서 서로 시와 소설의 감상을 얘기하고 타인의 생각을 비평하다 보니 참가자들이 날로 늘어났다. 나중에는 열 명이 넘는 학생이 좁은 돌 벤치 주변에 정기적으로 모이게 되었다.

"우리끼리 문학 살롱을 만들면 어떨까?"

쓰촨 성 출신인 판량이 벌떡 일어나, 쭈그리고 앉아 담화에 여념이 없는 동지들에게 제안했다.

"문학 살롱?"

모두 고개를 쳐들고, 판량에게 의문의 시선을 보냈다.

"지금 우리가 하는 일이 바로 문학 살롱이잖아. 취미가 비슷한 사람들끼리 모여 책을 읽고 토론하고, 그런 걸 문학 살롱이라고 하잖아."

키가 작고 몸이 호리호리한 판량은 가슴에 담아 둔 용기를 쥐어 짜내면서 여드름까지 벌겋게 물들 정도로 열심히 의도를 설명했다.

"살롱, 그거 좋은데. 나는 찬성."

누군가가 그렇게 대답했다.

"나도 찬성. 지금 이 멤버로 시작하자."

즈챵이 나뭇가지를 쥔 손을 높이 쳐들었다. 하오위엔도 덩달아 찬성했다.

1학년만의 문학 살롱은 그렇게 탄생했다. 즈챵은 기쁜 나머지 기숙사에 들어가자마자 먼저 룸메이트 모두에게 그 뉴스를 전했다.

"문학 살롱, 그게 뭐 대수라고. 우리도 입학하자마자 그 비슷한 것을 결성했는데, 석 달도 지나지 않아 다들 열기가 식어 버리더라고. 그때쯤 되면 진로 문제로 골머리가 아프니까 말이야."

마 선배는 손에 들고 있던 두툼한 영어 책을 무릎에 내려놓고, 비아냥거리는 투로 말했다.

즈챵이 시큰둥한 표정을 짓고는 얼른 침대로 들어갔다. 하오위엔도 말없이 침대로 들어갔다. 조그만 테이프 리코더에서 흘러나오는 테레사 텐의 애절한 노랫소리가 어색한 방 공기 속을 떠다녔다.

마 선배의 살롱과 달리 하오위엔과 즈챵의 문학 살롱은 날로 인기가 높아졌다. 결성한 지 한 달이 채 못 되어 멤버가 스무 명을 넘어섰다. 모임 장소도 돌 벤치 주변이 아니라 점심과 저녁 사이에 비는 식당으로 옮겼다.

테이블을 빙 둘러싸고 의자에 앉으면 문학 살롱에 걸맞게 기분이 우아해졌다. 문학뿐만 아니라 시사에 관한 다양한 토론으로 분위기가 무르익다가 의견 차이가 생기면 다들 흥분하고 말았다.

"듣자 하니 최근 베이징에 민주의 벽이 생기고 민주화가 추진되고 있다는 소문이 돌던데……."

누군가가 그런 말을 꺼냈다.

"그거 사실이야. 내 고등학교 동창 중에 베이징에서 대학을 다니는 친구가 있는데, 편지에 그렇게 씌어 있었어."

판량이 맞장구를 쳤다.

"민주화가 뭔데?"

"그러니까, 중국을 미국 같은 나라로 만든다는 거지."

"미국 같은 나라? 왜?"

"지금 관료들의 부정부패가 심하잖아. 미국처럼 민주주의 국가가 되면 국가의 요직을 선거로 뽑을 수 있으니까 부정부패도 심하지 않을 거란 얘기지."

"제국주의에 자본주의 사회인 미국이야말로 어느 나라보다 부패가 심한 곳 아닌가?"

"난 자본주의가 뭔지, 민주주의와 제국주의는 또 뭔지 전혀 모르겠는데."

"나도 잘은 모르지만, 그래도 잡지 같은 거 읽다 보면 굉장히 무서운 나라란 느낌이 들던데. 미국으로 유학 간 여학생이 반년 만에 속옷 모델이 되었다는 얘기도 있고."

모두들 이런저런 의견을 내놓았다.

"강의에서 간 교수도 얼핏 언급한 적이 있는데, 중국도 민주주의가 필요하대. 감독하는 야당이 없으면 관료의 부패는 절대 근절되지 않을 거라고 말이야."

판량이 큰 소리로 말했다.

"지금까지 계속 미국을 비판해 왔는데, 왜 갑자기 미국처럼 하자는 건지."

"깐 교수가 하는 말이니까, 틀림은 없을 거야."

"그래도 잘 모르겠다. 미국이 좋은 나라라고 하지만, 누가 보고 온 것도 아니잖아."

시끌시끌하게 떠드는 소리를 싸우는 소리로 착각했는지, 저쪽 테이블에서 쉬고 있던 식당 요리사가 찻잔을 한 손에 들고 다가와 일갈했다.

"이봐, 학생들. 뭣 때문에 그리 핏대를 올리는지 모르겠지만 젊은 혈기 하나로 괜한 소란 피우는 거 아냐?"

요리사의 기세에 눌려 모두들 입을 다물고, 젊은 혈기 하나로 소란을 피우는 사람이 혹시 자신은 아닐까 하고 불안한 표정으로 반성했다. 요리사는 껄껄 웃으면서 다시 자리로 돌아가 차를 마셨다.

이 주일 전 강의에서 깐 교수는 루쉰(魯迅)을 다뤘다. 학생들은 루쉰의 작품을 중학교와 고등학교의 국어 교과서를 통해 익히 알고 있었지만, 같은 작품이라도 깐 교수가 읽으니 루쉰의 흑백 사진이 바로 옆에 작가가 서 있는 것처럼 생기발랄하게 느껴졌다. 루쉰은 붓 한 자루로, 미국의 최신 무기로 무장한 군대를 거느린 장제스(蔣介石)의 부패한 정권에 맞서

싸웠다. 그야말로 애국 지식인의 전형이었다. 하오위엔은 루쉰의 단편집을 다시 읽으면서 새삼스레 고난이 많았던 제 나라와 민족에 대해 생각하게 되었다.

"할 얘기가 좀 있는데……."

문학 살롱 활동 때문에 학생들이 다시 식당에 모였다. 멤버가 다 모이자, 키가 작아 눈에 잘 띄지 않는 판량이 자신의 존재감을 강조하듯 자리에서 일어나 손뼉을 치며 주의를 끌었다.

"베이징에서 대학을 다니는 친구에게서 또 편지가 왔어. 관료의 부정부패를 타도하기 위해 대학생들이 천안문 광장에서 집회를 갖고 있대. 단식 투쟁도 벌이고 있다는데. 국가흥망(國家興亡), 필부유책(匹夫有責). 우리도 응원해 주었으면 좋겠다는 요청이 들어왔어."

판량은 씩씩거리며 모두가 둘러앉아 있는 커다란 테이블에 편지를 휙 던지고는 천천히 앉았다.

"아, 그리고 깐 교수도 지난주부터 2학년 학생들을 데리고 시정부 앞 광장에서 집회를 갖기 시작했대. 아는 선배가 다녀왔다던데."

판량 옆에 앉은 남학생이 말했다.

"오늘도 집회가 있었어. 무슨 뜻인지 잘 몰라서 참가는 안

했지만."

"깐 교수가 우리 1학년은 공부에 전념하라는 뜻으로 알리지 않은 것 아닐까?"

"우리도 애국자잖아. 선배들이 애국 운동에 열을 올리고 있는데, 공부에만 전념할 수는 없지."

식당이 시끌시끌해졌다. 유유자적하게 차를 마시고 있던 요리사 중에서 나이가 지긋한 사람이 천천히 다가왔다.

"열기가 대단하군. 의견이 분분한 작품이라면 피가 끓을 만도 하겠지."

"다른 게 아니라 애국의 정열이 들끓는 것입니다."

판량이 심각하게 대답했다.

"그거 바람직한 얘기로군. 그래 어떤 식으로 애국을 할 생각이지?"

"지금부터 시정부 앞 광장 집회에 참가할 예정입니다."

판량이 마른 가슴을 앞으로 내밀면서 말했다.

"그렇군. 요즘 뉴스에서도 많이 보았는데, 자네들이 나설 차례가 이제야 온 모양이로군. 그렇다면 맛있는 저녁을 준비해 놓을 테니, 다녀들 오라고."

요리사의 커다란 손이 판량의 볼품없는 어깨를 툭 쳤다. 판량이 비틀거리며 의자에 앉았다.

"자, 다들 가자."

옆에 앉은 남학생이 판량 대신 그렇게 외치고는, 판량의 팔을 잡아끌며 앞장서 밖으로 나갔다.

시정부 앞 광장은 사람들로 인산인해를 이루고 있었다. 하오위엔이 사람들 사이를 헤치면서 앞으로 앞으로 나아가자, 억양이 귀에 익은 목소리가 울렸다.

"5·4 운동 이후, 이 나라에 혁명이 있을 때마다 우리들 대학생과 지식인들이 선두에 나섰습니다. 이 나라를 구할 수 있는 사람은 우리들뿐입니다! 그 옛날 루쉰은 의학을 포기하고 문학을 선택하면서 붓을 무기 삼았습니다. 우리가 학생의 몸으로 나라를 위해 무엇을 할 수 있는지, 우리 인민을 위해 무엇을 할 수 있는지, 우리는 지금, 그것을 생각해야 합니다……."

저만치 앞쪽에서 세발수레 위에 선 채 손나발을 하고 목청을 돋우어 연설하고 있는 깐 교수의 모습이 어렴풋이 보였다. 하오위엔은 걸음을 멈추고 사방을 돌아보았다. 같이 온 친구들이 하나도 보이지 않았다. 자신도 모르게 일행을 놓치고 만 것이다. 하오위엔은 불현듯 초조해졌다. 친한 대학에 입학한 후에도 혼자 친두를 돌아다닌 경험은 없어, 학교로 돌아갈 수 있을지 불안했다.

'좀 더 앞으로 나아가야겠다. 깐 교수를 따라가면 학교로 돌아갈 수 있겠지.'

그렇게 생각하고서, 열심히 앞으로 나아갔다.

"반부정, 반부패!"

슬로건과 함께 머리 위로 무수히 팔이 올라갔다. 하오위엔도 힘껏 팔을 휘둘렀다. 그러자 몸속에서 무언가가 뜨겁게 끓어올랐다. 그리고 그 광경이 깐 교수의 수업 시간에 읽었던 5·4 운동 시대 문학 작품 속의 한 장면과 겹쳐 보였다. 자신이 먼 훗날 언젠가 교과서에 실릴 역사의 현장에 있다는 것에 감격하면서 다시 앞으로 나아갔다.

하오위엔은 침대 속에서 밤이 새도록 몸을 뒤척거렸다. 피가 들끓는 것인지, 유혹하는 테레사 텐의 노랫소리에서 평소와는 다른 끈적한 것을 느꼈다. 가슴에 끓어오르는 것은 피보다 진해, 마치 불붙은 기름 같았다. 어린 시절에 읽으며 동경했던 혁명 영웅 이야기가 뇌리를 스쳤다. 처형된 류후란(劉胡蘭), 적의 토치카를 폭파하기 위해 두 손에 든 다이너마이트를 토치카 창문에 설치하는 둥춘루이(董存瑞)……. 나라를 위해 목숨 바친 무수한 영웅의 모습이 영화의 장면처럼 흘러갔다. 지금이야말로 자신의 모든 것을 나라에 바칠 때가 아닐까. 하오위엔은 사명감을 자각했다. 가슴속에서 활활 타오르는 기름이 몸만 뒤척이고 있는 것을 용납하지 않았다. 하오위엔은 벌떡 일어났다. 즈창을 깨우려고 다가갔다. 즈창은 어둠 속에서, 머리가 침대 천장에 닿을락 말락 하게 앉아 있었다.

“무슨 일이야?”

“잠이 안 와서.”

다소 짜증 섞인 목소리였다.

“그럼, 산책이라도 할까?”

즈창은 말없이 침대에서 내려왔다. 둘은 소리 나지 않게 살금살금 방을 빠져나갔다.

밖으로 나가자마자 둘은 숨을 몰아쉬었다. 가슴에 고여 있던 열기가 확 퍼져 나가면서 숨통이 뚫리는 것 같았다. 기숙사 앞으로 나 있는 오솔길을 따라 호숫가로 향했다. 어둠 속에서 사람들의 기척, 아니 사람들이 왁자지껄하게 모여 있는 기운이 전해졌다. 오솔길을 다 지난 도서관 앞 광장에 사람들이 대거 몰려 있었다.

“뭘 하는 거지?”

즈창이 근처에 있는 사람에게 물었다.

“내일 집회 때문에 사전 모임을 갖는 거야.”

“우리는 아무 연락도 못 받았는데.”

즈챵이 불만스러운 표정으로 말했다.

"각 모임의 리더들만 참가하는 자리야. 무슨 학부 몇 학년이지?"

"문학부 중국문학과 1학년인데."

"벌써 와 있어. 쓰촨 출신이라던데."

"판량이로군. 쓰촨 출신이라면 판량이야."

"왜? 나 불렀어?"

어둠 속에서 키가 작은 판량이 다가왔다.

"나야. 하오랑도 같이 왔어."

"오, 그래. 잘 왔다."

판량이 두 손을 내밀어 즈챵과 하오위엔의 팔을 잡았다.

판량을 따라 중심에 있는 무리 속을 헤치고 들어갔다. 서서 애기하고 있는 깐 교수가 보였다. 어둠에 익은 눈을 부릅뜨자, 깐 교수 옆에 서 있는 자그마한 단발머리 여자도 보였다. 하오위엔은 놀라 즈챵을 돌아보았다. 즈챵도 의심스럽다는 눈빛으로 여자를 보고 있었다.

"추운 하늘에 울부짖는 두 마리 늑대, 잘 왔어."

여자가 미소를 머금고 인사했다. 빠이 잉루였다.

즈챵과 하오위엔은 부끄러워 고개를 숙였다.

"어제, 한 신문에서 이번 학생 운동을 동란이라고 매도했

다. 우리의 의도가 사회주의에 반대하는 데 있지 않다는 것을
이해시키기 위해, 이 기사를 철회해 줄 것을 요청하려고 한
다. 내일은 집회 후에 행진을 예정하고 있으니, 오늘은 이만
해산하고 돌아가 쉬기 바란다. 그럼 내일도 힘차게 분발하기
로 하자."

간 교수가 목소리의 톤을 높여 말을 마무리 지었다.

"네."

시간대를 생각해 목소리를 낮춘 학생들의 묵직한 대답 소리
가 땅에 부딪쳐 밤을 뒤흔들었다.

집회, 데모 행진, 때로는 연좌 농성, 단식 투쟁. 캠퍼스 생활
에 충분히 적응한 하오위엔은 날마다 시정부 앞 광장을 거점
으로 시가지의 각 구역을 오갔다. 어느 날 갑자기 눈앞이 밝아
지면서 세상이 색깔을 입은 것처럼 보였다.

끼리끼리 모여 노는 아이들. 장을 보고 돌아오는 길인 듯,
대파가 담긴 장바구니를 든 아줌마들. 수업이 끝나고 호기심
에 데모 대열의 뒤에 따라붙은 중학생들. 일을 끝내고 자전거
를 타고 집으로 돌아가다가, 자전거에서 내려 학생들에게 응
원을 보내는 아저씨들. 길거리에서 지나가는 학생들에게 아
이스 캔디를 나누어 주는 아이스크림 장수. 하오위엔은 아이

스 캔디를 쭉쭉 빨면서 가슴속에서 뜨거운 액체가 출렁이는 것을 느꼈다.

시정부 앞 광장에 철야 농성에 필요한 파란 줄무늬 시트와 텐트가 출현했다. 판량이 인솔하는 1학년생들은 친한 대학이라고 씌어진 커다란 간판 옆에 잠자리를 잡았다. 이불 대신 솜으로 누빈 겨울 코트로 밤의 추위를 견뎠다. 밤의 장막이 내려오고, 텐트의 틈바구니로 스며들어 지친 학생들을 덮치는 추위와 싸우기 위해 때로 광장에서 행진곡을 합창하는 소리가 울렸다. 〈국제가〉와 〈공산당이 좋아〉와 국가인 〈의용군 행진곡〉 등. 노랫소리에 이끌려 시민들도 저마다 방한복을 꺼내 들고 거리로 몰려나왔다.

"춥지들. 노랫소리가 들려서 알았어. 이런 때는 역시 군용 코트가 최고지."

시민들의 온정이 담긴 코트가 학생들을 따스하게 감쌌다. 하오위엔도 전부터 갖고 싶었던 군용 코트를 걸쳤다. 마치 해방군의 한 병사가 된 기분으로, 자신의 두 어깨에 걸려 있는 국가 흥망의 무게를 절감했다.

"각 조의 조장은 들으십시오. 오후에 데모 행진이 끝나면 즉각 본부 앞으로 집합합니다. 일곱 시부터 모임이 있습니다."

본부는 1학년생들의 잠자리에서 비교적 가까운, 시정부 바로 옆에 있는 벽이 교차하는 지점의 한구석에 설치되어 있다.

하루에도 몇 번씩 모임을 갖는다. 행진하는 거리의 순서, 연좌 농성의 장소, 시 간부들과의 면담 내용, 국내외 정세 등 다양한 내용으로 토론이 벌어질라치면 두세 시간 내에 끝나는 일이 드물었다.

깐 교수는 늘 그렇듯이, 모여 있는 학생들의 한가운데에 서서 오른손 엄지손가락과 집게손가락으로 금테 안경을 잡아 살짝 올리고, 이어 이마로 내려온 앞머리를 반듯하게 쓸어 올리고는 높낮이가 있는 목소리로 얘기를 시작한다.

"여러분, 수고가 많습니다. 오랜 노상 생활에 어젯밤에는 큰비까지 내려 감기에 걸린 사람, 음식물에 부주의해서 설사를 하는 사람도 있지만, 아무쪼록 건강에 유의해서 끝까지 분발해 주기 바랍니다. 몸은 혁명의 원천입니다."

깐 교수가 잠시 말을 끊고 기린처럼 목을 쭉 빼고는 주위에 모여 귀를 쫑긋 세우고 있는 학생들을 돌아보며 격려의 시선을 보냈다.

옆에 서 있는 빠이 잉루 역시 교수의 표정을 흉내 내어, 만면에 미소를 띤 채 비슷한 시선을 보낸다. 커다랗고 맑은 눈이 깊은 산속 돌 틈에서 솟아 나오는 샘물 같았다. 검은 눈망울은 샘물에 떨어진 굵은 포도 알처럼 촉촉하고 매끄러웠다. 무심하게 깐 교수의 말을 듣고 있던 하오위엔의 눈길이 그 시선과 딱 마주치고 말았다. 그 순간 신경이 갈증을 호소하고, 옛날에 보았던 북벌 전쟁 시대 영화에 등장하는 쑹칭링(宋慶齡)의 얼굴이 눈앞을 스쳐 지나갔다. 한시도 국부 쑨원(孫文)의 곁을 떠나지 않는 젊은 부인.

자그마하고 가냘파 보이는 여자가 민주화 운동에 참가한 학생 모두를 완전히 정복한 듯싶었다. 그녀가 앞에 나서면, 아무리 시끌시끌하던 학생들도 입을 다물고 조용해진다. 모두가 숨을 죽이고 뜨거운 눈길로 그녀를 바라보고, 그 조그만 몸에서 터져 나오는 우렁찬 말 한 마디 한 마디를 놓치지 않으려고 귀를 기울인다. 얘기가 끝나면 우레 같은 박수가 터진다.

모임이 끝난 후, 내과 의사인 깐 교수의 부인이 초등학교 1학년짜리 아들 링링의 손을 잡고 나타났다. 오늘도 약과 마늘과 빵과 과자와 독한 술이 들어 있는 커다란 비닐 봉투를 들고 응원하러 나온 것이다.

"형님들, 누나들, 힘내요. 내가 응원하고 있으니까."

간식을 나누어 주는 어린 목소리를 들으면 지칠 대로 지친 몸에서 새로운 기운이 솟아났다.

"요즘, 리슈 본 적 있어?"

해산한 후, 술과 간식거리를 손에 든 판량이 즈챵에게 물었다.

"아버지가 아파서 고향으로 내려간다던데."

"핑계 아니야?"

"글쎄, 잘은 모르지만 다들 그 녀석 아버지가 관료라고 하니까. 그래도 가능하면 빨리 돌아오겠다고는 했어."

"가문에서 벗어날 수 없는 소심한 녀석인가."

"그러게 말이야. 얼마 전에 뭘 가지러 기숙사에 갔었는데, 마 선배는 한가롭게 영어 공부를 하고 있더군. 끌고 나오려고 했더니, 뭐라고 했는지 알아?"

즈챵이 분한 표정으로 말했다.

"공부 때문에 못 오겠다고 하던?"

"천만에. It's not my business. 난 과학 애국론자야. You know? Science, science is most important for China. You know? 그러더라."

즈챵은 얼굴 근육을 실룩거리면서 마 선배 흉내를 냈다. 다만 마 선배의 하얀 이를 즈챵의 시골 냄새 나는 누런 이가 표현할 수는 없었다. 하오위엔은 즈챵의 얼굴에서 마 선배의 표정을 떠올리고는 배를 잡고 웃었다.

"마 선배는 그나마 나은 편이지. 우리 방에 있는 4학년 선배
는 베이징 출신 애인이 생겼는데, 행진 때 보니까 데이트를
하고 있더라고, 데이트를. 그래서 뭐라고 좀 했더니, 오히려
발끈하면서 뭐라는 줄 알아? 나라를 사랑하는 사람은 많지
만, 그녀를 사랑해 줄 사람은 자기뿐이니까, 자기 몫까지 열
심히 하라더군. 어이가 없어서."

판량이 흥분한 투로 투덜거렸다.

"그래 봐야 도시에 머물기 위해서 그녀의 연줄을 이용하려
는 거 아니겠어?"

"사람은 저마다 생각이 다르니 알 수가 없지. 아무튼 우리
는 우리 할 일을 열심히 하는 수밖에."

하오위엔이 적절한 타이밍에 냉담함을 보이며 말했다.

"그런데 즈랑, 하오랑. 너희 둘은 울부짖는 두 마리 늑대 아
니냐. 그러니까 앞으로는 연설에도 도전을 해 봐야지."

판량이 안색을 싹 바꾸어 말했다.

"농담하지 마. 우리가 그런 걸 어떻게 해."

즈창이 당황해서 말했다.

"나도 절대 못해."

하오위엔도 즈창을 따랐다.

"늑대가 족제비 노릇을 하겠다는 거야? 명심해, 우리는 중

국문학과에 간 교수의 제자라고. 동족이야, 동족. 지금이야말로 리더십을 발휘해서 간 교수의 듬직한 제자로 모두를 인솔해야지.”

판랑이 그렇게 외쳤다. 거창한 말에 키도 그만큼 커진 것처럼 보였다.

“예, 알아 모시지요. 더욱 분발하지요.”

마치 어른에게 혼이 난 어린아이처럼 둘은 고개를 숙이고 순순히 대답했다.

대학 문을 나서서 온 거리에 넘쳐나는 대학생들을 진두지휘하는 것은 힘든 일이다. 즈창과 하오위엔도 다른 학생 리더들처럼 날마다 커다란 확성기를 어깨에 메고 번갈아 갖가지 사항을 목청을 돋우어 지시한다.

“내일 오전 아홉 시, 공공 기관 사람들이 출근하는 시간대에 시정부 앞 광장에서 간 교수가 전국의 정세에 대한 연설을 한다. 그 후에는 잉루가 학생을 대표해서 시장에게 대화의 자리에 나와 줄 것을 요구하는 연설을 할 것이다. 질문 있나?”

처음 모임의 진행 역을 맡은 하오위엔은 떨리는 목소리로 미리 준비한 글을 읽었다. 그리고 쿵쿵거리는 가슴을 진정시키려 심호흡을 하면서 좌중을 둘러보았다. 시선이 제자리로 돌아오는 도중에 한가운데에 있는 잉루의 커다란 눈망울과 또 마주치고 말았다. 샘물에 둥둥 떠 있는 커다란 포도 알이 마침 하오위엔의 얼굴을 쳐다보고 있었던 것이다. 하오위엔은 허둥지둥 시선을 돌리고서 감기를 예방하기 위해 마늘을 너무 먹어 냄새 나는 입을 원고를 쥔 손으로 막았다. 애써 준비한 마지막 말이 어디론가 날아가 버리고 말았다.

"하오위엔, 할 말이 아직 남았나?"

깐 교수의 금테 안경 너머 눈이 하오위엔을 향해 있었다.

"아니, 이, 이제, 어, 없습니다. 끄, 끝났습니다."

다음 날 아침 일찍부터 시민 응원단이 평소와 다름없이 커다란 찜통에 담긴 따끈따끈한 고기만두를 광장으로 날랐다. 아침의 눅눅하고 무거운 공기가 찜통에서 모락모락 피어오르는 고기만두 냄새 섞인 김에 녹아들었다. 밤을 견딘 학생들이 눈을 번쩍 뜨자 또다시 광장에는 활기가 넘쳤다.

구불구불 길게 늘어선 줄에 서서 고기만두를 세 개씩 받은 하오위엔과 즈창은 군용 코트를 어깨에 걸친 채 뜨거운 고기만두를 나란히 늘어놓고서 두 손으로 양 끝을 잡아 입을 쩍 벌리고 크게 베어 물었다. 입을 너무 크게 벌린 나머지 컥컥거리던 목이 만두의 고기 맛에 이내 풀어졌다. 혀를 내밀어 흐르는 육즙을 핥아 가며 만족스러운 표정으로 본부를 향한다. 오늘 아침 모임의 진행은 즈챵이 맡는다.

"잘해 봐. 나처럼 더듬지 말고."

"더듬기는. 잉루와 눈이 마주치지 않게 하면 그만이지."

즈챵의 말이 하오위엔의 마음 깊은 곳에 숨어 있는 들키고 싶지 않은 부분을 쿡 찔렀다. 하오위엔이 화들짝 놀라자 입 안 가득한 고기만두에 말도 숨도 막혀, 새빨개진 얼굴로 눈물이 흘렀다.

"미안 미안."

즈챵이 걸음을 멈추고, 팔꿈치로 하오위엔의 등을 쳤다.

"아, 아니, 그런 게 아니라."

하오위엔은 어떻게든 둘러대려고 열심히 고개를 저었다.

"어때서 그래, 사람을 좋아하는 게. 나도 잉루를 좋아해. 잉루 같은 여자와 연애를 할 수 있다면 얼마나 좋을까, 그런 생각을 한다고. 이제 우리도 어린아이가 아니잖아."

즈챵은 말을 끝내자마자 고기만두를 입에 마구 쑤셔 넣었다.

"그렇지만, 난, 정말."

하오위엔이 또 말을 더듬었다.

"좋아하면, 좋아한다고 말해. 잉루가 우리 같은 놈들을 연애 상대로 생각할 리 없겠지만, 그래도 좋아할 권리는 있잖아.

그러니까 힘내자고. 우리 둘이 경쟁해서, 언젠가 영국 신사처럼 결투도 하고."

즈챵은 거의 농담처럼 말했다. 뜻하지 않은 도전장을 받은 하오위엔은 뭐라 대구할 말이 생각나지 않았다.

5

본부는 학생 리더들로 웅성거리고 있었다. 멀리 하얀 반소매 티셔츠 차림인 잉루가 추운 듯이 발을 동동 구르는 모습이 보였다. 잉루가 발을 구를 때마다 단발머리가 찰랑찰랑 흩날렸다. 주위 사람들이 흥미롭다는 듯 손가락으로 잉루의 등을 가리키면서 보고 있었다. 그 등이 때로 이쪽을 향하면 빨간 글자가 어렴풋이 보였다.

하오위엔과 즈창은 잉루의 등을 뚫어져라 쳐다보면서 걸음을 재촉했다.

"아애중국(我愛中國)."

둘은 거의 동시에 소리 내어 그 글자를 읽었다. 약동하는 초서체 빨간 글자가 시야에 선명하게 들어왔던 것이다.

"그 셔츠 어디서 샀습니까?"

"입던 셔츠인데, 아는 사람이 공방을 하고 있어서 글자를 써 달라고 한 것뿐이야."

"공방?"

"셔츠에 글자나 무늬를 인쇄해 주는 곳."

"어딘지 가르쳐 주세요."

여기저기서 그런 목소리가 튀어나왔다.

"좋은 정보를 얻었는데."

즈창의 눈에서 야성이 빛났다.

낮에 행진이 끝나면 네 시간 동안의 공백이 있다. 즈창은 하오위엔을 부추겨 여벌 옷으로 가져온 셔츠 가운데 상태가 괜찮은 것을 골라 잉루가 가르쳐 준 공방으로 향했다.

"어떤 말로 할까?"

즈창은 신이 난 말투로 물었다.

"아애중국이면 됐지."

"촌스럽게. 그건 잉루가 이미 입었잖아. 국가흥망, 필부유책은 어떨까?"

"그건 글자가 너무 많아. 등판이 그렇게 넓은 것도 아닌데."

낡은 건물 1층에서 잉루의 셔츠와 똑같은, 새빨간색으로 'Art 공방'이라 쓰인 나무문을 찾았다. 엷은 초록색 페인트가 군데군데 떨어져 있었다. 둘은 티셔츠에 구멍 난 곳은 없는지 다시 한 번 확인하고서 문을 열었다. 그 순간 안에서 코를 찌르는 담배 냄새가 났다. 스무 살 전후의 장발 청년이 손에 짙은 갈색 기다란 잎담배를 쥐고서 어슴푸레한 불빛 아래 눈을 찡그리며 잡지를 읽고 있었다.

"티셔츠 때문에 온 거지?"

청년이 고개도 들지 않은 채 물었다.

"네, 글자를."

"아애중국이면 되겠지?"

청년은 여전히 그 자세를 흩뜨리지 않은 채 물었다.

"아니, 다른 글자로."

"아요민주(我要民主), 아요자유(我要自由). 둘이 그렇게 하면 딱이겠군."

청년은 엉덩이를 들고 일어나 하품을 쩍 하고는 손을 내밀었다.

"이리 줘 봐."

"뭘요?"

"티셔츠가 아니고 뭐겠어."

둘은 둘둘 말아 온 티셔츠를 얼른 내밀었다.

"이런, 다 구겨졌잖아. 너는, 자유, 아니면 민주, 어느 쪽이지?"

청년이 즈창에게 물었다.

"다른 글자는 안 되나요?"

"다른 글자? 이 중에서 고르라고. 학생용은 아래쪽이야."

청년은 딱딱한 종이 한 장을 획 내던졌다. 둘은 하라는 대로 아래쪽을 보았다. 청년이 앞서 말한 세 종류밖에 없었다.

"또 다른 것은……."

종이의 위쪽에는 다양한 서체의 글귀들이 죽 열거되어 있었다. '사조영웅(射雕英雄)', '상하이탄(上海灘)' 등 요즘 인기를 끌고 있는 홍콩의 트렌디 드라마에서 '대협(大俠)', '닌자(忍者)', 'heart broke', 'Kiss Me!', 'I love You!' 등의 말까지.

"저, 네 글자를 자유민주로 할 수는 없나요?"

하오위엔이 청년에게 물었다.

"그야 할 수 있지. 거기에 있는 글자는 마음대로 조합할 수 있어."

"그럼 나는 자유민주로 하겠습니다."

하오위엔은 곧바로 결정했다.

"단순하군. 난 I love You로 할거나."

"정말?"

"왜? 속내를 드러내면 안 돼?"

즈챵의 시선이 'I love You!'에서 꼼짝하지 않았다.

"나쁠 거야 없지. 하지만 데모는 개인의 감정을 드러내는 자리가 아니잖아, 애국 운동이지."

"그래, 바로 그거야. 애국 운동이지. 그러니까 이 You를 나라라는 의미로 해석하게 하면 되잖아."

"어떻게?"

하오위엔은 잘 모르겠다는 표정으로 즈창을 보았다. 즈창은 각진 얼굴 윤곽에 어울리게 고집스러운 성격이다.

"좋아. 그럼 You 밑에 중국이란 글자를 넣어 주지. 선불금 조로 셔츠 두 장에 20원. 전부 빨간 글자로 하면 되겠지?"

청년은 둘의 손에서 티셔츠를 낚아채듯 빼앗고는, 돈을 내라고 채근했다.

"아직 결정한 거 아닙니다. 중국이란 글자만 넣어 봐야 특별할 것도 없고. 아, 이러면 되겠다. 우리나라 지도를 넣고 그 위에 I love You!란 글자를 겹치게 하면 어떨까?"

"괜찮은 생각인데!"

하오위엔은 그 문양을 상상하며 눈을 반짝였다.

"괜찮지? You가 베이징이 있는 자리에 오게 하고, o 자리에 국기를 꽂는 거야. 그럼 완벽할 것 같은데!"

즈창의 야성이 또다시 빛나기 시작했다.

"그래! 그게 좋겠다. 나도 그렇게 할래."

"그렇게 어려운 주문은 사양하겠어. 중국이란 글자만 넣어도 충분한 걸 가지고."

청년은 언짢은 표정이었다.

"손님은 우리잖아요. 손님의 주문에 맞추는 게 당신의 일 아닌가요?"

"그렇게 어려운 걸 주문하면, 값이 올라가."

"얼마나?"

"음, 한 장에 20위안."

청년은 잠시 머뭇거리다가 강경하게 말했다.

"20위안? 사기꾼이 따로 없군. 지금 우리는 반부패 운동을 하고 있단 말이야."

"아니, 난 그렇게 어려운 디자인은 못한다고. 대장에게 부탁해야 하니까……."

청년은 단박에 꼬리를 내렸다.

"대장이란 사람은 어디 있는데?"

"안에서 자고 있지. 예술가라서 낮에는 자. 나도 낮에는 잠이 쏟아진다고."

청년은 자신도 예술가의 자질을 갖고 있다는 것을 강조했다.

"그럼 대장에게 해 달라고 하면 되잖아. 우리나라 지도 위에 I love You! 를 넣어 달라고. 그리고 o 자 있는 자리에는 국기를 넣고. 그리고 지도와 국기는 빨강으로 하고, 글자는 하늘 같은 파란색."

즈챵이 성난 표정으로 말했다.

"하늘 같은 파란색보다 바다 같은 파란색이 좋을 것 같은데. 수심이란 뜻도 담기고, 나라를 생각하는 우국의 마음도 나타낼 수 있잖아."

하오위엔이 보충했다.

"Good idea!"

즈챵이 환호했다.

"형씨, 이렇게 해 줘요, 내일 찾으러 올 테니까. 그리고 값은 두 장에 10위안. 됐죠?"

"10위안? 그런 게 어디 있어. 적어도 15위안은 줘야지."

"나라를 위해 길거리에서 잠자는 가난한 학생에게 10위안이면 이 주일 치 밥값이라고요."

마침 그때 밖에서 학생이 네다섯 명 들어왔다.

"알았어. 다음에도 친구들 데리고 와."

청년은 피식 웃으면서 다음 손님에게 방해가 되지 않도록 둘을 밖으로 내몰았다.

강의를 거부한 지 한 달이 지나자 언제 학교로 돌아갈 수 있을지, 학생들 사이에서 불안해하는 소리가 들리기 시작했다. 연설과 연좌 농성, 데모 행진이 계속되었고, 단식 투쟁까지 감행되었다. 피로가 극에 달한 때문인지 하오위엔은 요즘 들어

툭하면 눈앞이 캄캄해졌다. 서로 연결되어 있는 머리와 몸이 따로 떨어진 것처럼, 머리에서 내리는 지령이 몸까지 도달하지 않았다. 반대로 머리가 의식을 놓고 있을 때는 몸이 제멋대로 폭주하는 일도 몇 번이나 있었다. 둘 다에게 너무 버겁다고 외치고 싶은 심정이었다. 즈챵에게 그런 속내를 털어놓자, 즈챵이 자기도 마찬가지라고 대답해 하오위엔은 그나마 위안이 되었다.

데모 행진을 할 때 평소 같으면 하오위엔은 즈챵과 나란히 잉루 뒤에서 걷는데, 즈챵이 'I love You!' 셔츠를 입게 된 후부터는 즈챵의 뒤에서 걸었다. 주먹을 휘두르며 모두 입을 모아 슬로건을 외쳤다. 무수한 등에서 '아애중국'과 '아요민주'라는 빨간 글자가 넘실거리는 가운데, 즈챵의 근육질 등에서는 'I love You!'란 글자와 'o'에 꽂은 조그맣고 빨간 국기가 펄럭거렸다. 그것을 보면 흥분하여 예민해진 신경이 진정되면서 마음이 차분해졌다.

강렬한 햇살 아래 타 들어가는 목이 침을 삼킬 때마다 따끔거렸다. 길거리에서 응원하는 시민들이 탄산음료를 건네주어 단숨에 꿀꺽꿀꺽 마시고 나니, 무거웠던 머리가 오랜만에 개운해지면서 'I love You!'가 한결 선명하게 보이고 바로 옆의 등에 있는 '아애중국'이란 글자도 사이좋게 시야에 들어왔다.

그 등을 더듬다 보면 바람에 날린 잉루의 단발머리가 즈창의 듬직한 어깨에서 흩날렸다. 둘의 등이 한없이 가까웠다. 하오위엔의 머리에 격한 충격이 내달리고, 세포란 세포가 모두 잠에서 깨어났다.

5월이 어언 끝나 갈 무렵, 깐 교수는 학생들 중에서 희망자로 구성한 응원단을 이끌고 수도로 진출하기로 했다. 베이징. 즈창의 셔츠에서 'ㅇ'가 찍혀 있는 자리, 빨간 국기가 휘날리는 곳에 하오위엔은 처음 발을 디디게 되었다.

천안문 광장은 전국 각지에서 모여든 학생들로 발 디딜 틈이 없었다. 자유를 갈구하는 학생들의 마음을 상징하는 표상으로 인민 영웅 기념비 옆에 자유의 여신상이 세워졌다. 학생들은 인생의 한 장면을 기록하려고, 깐 교수의 카메라를 빌려 부지런히 셔터를 눌러 댔다. 또 교과서에서만 보았던 각각의 명소에도 자신의 모습을 담았다. 몸집이 자그마한 잉루도 자유의 여신상 앞에 서서 포즈를 취했다.

"좋아, 잉루. 자유의 여신보다 더 여신스럽군. 웃어. 그래, 그런 식으로."

즈창이 조그만 렌즈 속을 열심히 들여다보면서 주문을 붙였다.

"하오랑, 나하고 잉루 좀 찍어 줘."

잉루를 찍고 나서 즈챵이 카메라를 하오위엔 앞에 내밀었다. 하오위엔은 기계적으로 카메라를 들고서, 잉루와 어깨를 나란히 하고 행복하게 웃는 즈챵의 모습을 보고는 핀트를 조정할 생각도 않고 그냥 셔터를 눌러 버렸다.

데모대에 줄지어 선 등도 친두와는 뭔가가 달라, 개성이 넘치고 세련되어 있었다. 하오위엔은 동지들과 줄지어 황사로 범벅이 된 발을 질질 끌면서, 발음도 산뜻한 표준어에 다가가기 위해 애써 사투리 억양을 죽이고 쉰 목소리로 슬로건을 외쳤다. 등과 슬로건에 압도되어 모든 것이 하얀 구름처럼 보이면서 때로 자신이 외치는 말의 의미는커녕 지금 어디에 있는지조차 알 수 없어졌다.

눈 깜짝할 사이에 이틀이 지났다. 친두로 돌아가는 열차에 몸을 싣고 짐을 머리 위 선반에 던져 올린 후에야 하오위엔은 이제 잠 좀 잘 수 있겠구나 생각하며 자신도 모르게 한숨을 내쉬었다. 삼인석 긴 의자 가운데에 즈챵이 앉고 창가에는 잉루, 통로 쪽에는 하오위엔이 앉았다. 부러움과 질투에 시달리면서도 어느새 눈꺼풀이 내려 앉았다. 코 고는 소리가 주위 풍경을 메웠다.

열차의 흔들림에 눈을 떠 보니 차창으로 스미는 빛에 모두의 지친 얼굴이 붉게 물들어 있었다. 하오위엔이 눈을 비비며 바깥을 내다보려다 빛에 어른거리는 깐 교수의 미소 띤 얼굴과 마주쳤다.

"아침 해가 정말 멋지군. 이렇게 누런 대지에 해가 떠오르는 광경을 보니, 중화의 자손으로서 피가 들끓는구나."

교수도 눈이 부신 듯 보였다.

자리에서 일어나려는데 개미라도 기어오르는 것처럼 갑자기 장딴지에서 무릎 쪽으로 찌릿찌릿하게 저려 왔다.

"억!"

하오위엔이 이상한 비명을 질렀다. 다리가 의자 밑에서 자고 있는 판량의 팔과 뒤엉키면서 옆자리에서 자고 있는 즈창의 무릎에 쓰러지고 말았다. 그 연쇄 반응으로 모두들 비명을 지르면서 눈을 떴다.

저 멀리 동쪽 지평선에서 눈부시게 빛나는 아침 해가 차창과 비슷한 높이에서 누런 대지 위로 한없는 호의 물결을 그리며 열차를 감싸고 있었다. 장난감처럼 줄지어 있는 촌락이 시야 저편으로 밀려갔다. 모두들 잠이 덜 깬 눈 위에 손을 올려 햇빛을 가리고는 찬란한 아침 해에 할 말을 잃고, 이 대지에 사는 인간으로서의 숙명을 자각했다.

인스턴트 면으로 아침을 대충 때우자, 젊은 기운이 되살아났다.

"언제나 끝날까?"

누군가가 물었다. 요즘 들어 하오위엔의 머리에도 늘 맴도는 질문이었다.

"조금만 더 참으면 되겠지."

"앞으로, 정부에 어떤 요구를 하게 되는 거죠?"

"그야 물론 민주화지."

"어떻게 해야 이 나라가 민주화될 수 있을까요?"

"그러려면 구미의 여러 국가들처럼 야당이 있고 여당이 있어야지. 민주화는 서로 감시하고 견제할 수 있어야 가능한 거니까. 일당 지배 체제는 독재 정권이야."

"그럼 야당을 만들어야겠군요."

"지금도 민주당파가 있기는 하지만, 제구실을 하지 못하니까."

"민주당파? 우리나라에 그런 게 있나요?"

즈창도 하오위엔도 처음 듣는 소리였다.

"있지. 인민대표회의에는 민주동맹과 국민당(민혁)의 대표도 있으니까."

"그렇군요."

모두들 처음 듣는 소리였지만, 납득이 간다는 표정인 학생들의 눈빛에서 잠이 가시고 또다시 희망이 불타올랐다.

열차에서 내려 대학 기숙사로 돌아가니, 시골에서 올라온 형 하오우잉이 기다리고 있었다.

"네가 혹시 학생 운동에 참가한 게 아닌지, 아버지가 걱정하셔서……."

"물론 참가하고 있지. 국가흥망, 필부유책. 형도 참가해. 지금이 이 나라에 가장 중요한 시기니까."

하오우잉은 고등학교 졸업 후 입시에 한 번 실패하자 진학을 포기하고 초등학교 선생이 되었다.

"그래도 아버지는, 넌 지금은 공부만 생각하라고 하시더라."

어렸을 때, 형과 함께 다락방에서 누렇게 색이 바랜 잡지를 읽었던 기억이 하오위엔의 뇌리를 스쳤다. 갈색 버들가지로 엮은 고리짝에 아버지가 젊은 시절에, 그러니까 신문화 운동 시대에 즐겨 읽던 책과 잡지들이 담겨 있었다. 그 책과 잡지들은 아버지의 보물이었을 것이다.

"우파로 몰리면서 우리 아버지는 겁쟁이가 되었어. 하지만 지금은 세상이 달라졌어. 개혁과 개방. 앞으로 이 나라는 자유민주주의 국가, 좋은 나라가 될 거야. 옛날처럼 다락방에서 몰래 책을 읽는 일은 없어질 거라고."

"그렇게 된다던?"

"되고말고. 우리가 뭣 때문에 이렇게 힘들게 외치겠어. 중
앙의 간부들과도 대화를 나눴어. 우파로 몰렸을 때처럼 숨죽
이고 살 필요 없다고 아버지에게 전해 줘."

"……."

"이건 내가 다 읽은 책이니까 아버지에게 갖다 드려."

늘 믿음직스러웠던 형이 오늘은 어리벙벙하고 무지한 어린
아이처럼 보였다.

깐 교수의 얼굴이 거뭇거뭇 타고 초췌해져 금테 안경도 그
안경 너머 눈도 한결 커 보였다. 그 눈은 학생들의 기대에 부
응하기 위해 늘 반짝거렸다.

6월 3일 아침, 시정부의 태도가 갑자기 포악해졌다. 점심때
가 거의 다 된 시간, 시장을 비롯해 부시장, 시위원회 서기 등
의 간부가 연좌해 있는 학생들 앞에 총출동했다. 그리고 깐
교수가 이끄는 학생 리더들과 대화를 한 후, 시위원회 서기가
시정부를 대표해서 인사했다.

"……학생 제군의 우국우민의 정열을 고맙게 받아들이고,
나라에 대한 제안과 의견 등을 진지하게 검토해서 자유 민주
주의 중국을 지향하며, 우리 인민 모두가 한마음으로 분발해

야 한다는 데에 우리도 뜻을 같이합니다. 오랜 기간 데모와 연좌, 단식 투쟁까지 불사한 학생 제군은 심신이 쇠약해졌을 것이라 생각합니다. 오늘부터 각자 대학으로 돌아가 잠시 휴식을 취한 후에 하루빨리 수업을 재개할 수 있도록 노력하기 바랍니다. 앞으로의 일은 우리에게 맡기고, 학생 제군은 학업에 전념하여 부강한 우리나라의 미래를 위해, 학문으로써 나라에 보답하도록……."

깐 교수는 학생 리더를 불러 모아 임시 모임을 가졌다. 그리고 피로와 병 때문에 학생들의 체력이 한계에 도달했다는 점을 감안해서 일시적으로 해산하기로 결정했다.

하오위엔과 즈창은 같은 기숙사 학생 몇 명과 함께 근처에 있는 대중식당에서 폭식을 하고, 각자의 방으로 돌아가 곤한 잠에 빠졌다. 문을 마구 두드리는 소리조차 못 들을 정도로 숙면을 취하고 있었다. 누군가 얼굴을 찰싹찰싹 때려 겨우 눈을 떠 보니 깐 교수였다. 거뭇거뭇하게 탄 얼굴은 한층 더 초췌하고 그렇게 빛나던 눈도 무언가 무거운 것으로 덮여 있었다. 잠이 덜 깨 몽롱한 학생들은 교수의 말을 기다렸다.

"장갑 부대가 천안문 광장을 장악했다."

목구멍 속에 괴수라도 있는 듯한 목소리였다. 무겁고 낮고, 폭탄보다 더한 충격이 모두의 머리를 내리쳤다. 번쩍 눈을 뜨고 벌떡 일어나 깐 교수 옆으로 모여들었다.

"그럼 우리가 속은 겁니까?"

"시위원회 서기가 거짓말을 한 겁니까?"

"사람들도 죽었나요?"

"앞으로 어떻게 되는 거죠?"

군데군데서 훌쩍거리던 소리가 이내 온 방으로 퍼져 나갔다. 하오위엔은 머릿속이 새하얘졌다. 그것은 방금 전 잠이 덜 깨었을 때와는 전혀 다른 색이었다. 상황은 아직 파악할 수 없지만, 볼을 타고 뜨거운 눈물이 흘러내려 입술과 혀로 배어들었다. 소금기에 마른 혀가 따끔거리고 그 여파가 목구멍까지 미쳤다. 묵직한 눈꺼풀을 들어 올려 깐 교수의 얼굴을 보려고 하자, 눈을 덮고 있던 얼음 녹은 물 같은 눈물이 온 얼굴로 번졌다. 깐 교수의 얼굴도 눈물에 반사되어 일그러지면서 천천히 녹아내려 사라져 버렸다. 모두가 침묵한 가운데, 머릿속에서 메아리치는 똑같은 말이 귀에도 들렸다.

"왜? 왜? 왜?"

"왜요? 어쩌다 그렇게 된 거죠?"

즈창의 목소리였다.

"왜요? 어떻게 된 겁니까?"

모두의 목소리가 메아리치듯 울렸다.

“지금 바로 거리로 나가 항의 데모를 하자.”

“그래, 밖으로 나가자.”

모두들 웅성거렸다.

“안 돼. 대학 주변은 이미, 완전히 봉쇄되었다. 앞으로 학업 외에는 절대 아무것도 해서는 안 된다. 너희들은 강의실로 돌아가야 한다. 지금까지 있었던 모든 일 역시 너희들 자신이 책임…….”

눈물 벤 깐 교수의 말은 그 무게를 헤아릴 수 없을 만큼 무거웠다.

“앞으로 내 허락 없이는 절대 교문 밖으로 한 발짝도 나가서는 안 된다.”

모두, 교수의 단호한 명령에 고개를 끄덕일 수밖에 없었다.

6

하오위엔은 학업으로 돌아갔다. 강의가 끝나면 거의 매일 반성회가 열렸다. 강의 때든 반성회 때든, 하오위엔의 눈앞에는 늘 행진하는 데모대의 무수한 등, 빨갛고 가는 선으로 그린 중국 지도에 파란 바다색 'I love You!'가 넘실거렸다. 머릿속에서는 빨간 국기가 펄럭이고, 애국무죄라는 목소리가 울렸다.

일주일이 1년보다 길게 느껴졌다. 강의를 듣고 점심을 먹고 책을 읽다 잔다. 반년 전과 똑같은 일을 반복하는데도 무언가가 달랐다. 즈창이 술을 마시고 싶다고 했다. 길거리에서 잘 때 추위를 이기기 위해 배운 술이 그리워 견딜 수가 없는 것이다.

조조가 적벽 대전에 임할 때, 술자리에서 읊었다는 〈단가행〉이 절로 머리에 떠올랐다.

술을 마시면 노래를 불러야 하리

우리 인생이 길어야 얼마나 길다고
스러지는 아침 이슬과 다름없건만
지난날은 고통이 많았다네

비분에 젖어 목청껏 노래해 보지만
마음속 시름 걱정 잊을 길 없네
무엇으로 이 시름을 풀리오
오직 술이 있을 뿐이라네

멀리 떠난 친구들이여
그대들을 그리는 이 마음
오직 그대 생각에
이리 나지막이 읊고 있다네

전에 없던 비장함이 가슴속에서 번지고 퍼져 몇 번이나 목
이 메었다.

무엇으로 이 시름을 풀리오

제 힘으로는 어쩔 수 없는 시름을 풀어 줄 수 있는 것은 그

야말로 술뿐이었다.

"한잔하러 가자."

하오위엔은 베개 속에 숨겨 두었던 생활비에서 10위안짜리 한 장을 꺼냈다. 그리고 즈챵, 판랑과 함께 학교 옆에 있는 조그만 음식점으로 향했다.

저녁때인데도 음식점은 손님 하나 없이 한산했다. 오십 줄의 촌스러운 가게 주인은 카운터 안에서 담배를 피우고, 손님 시중을 드는 안주인은 구석에 있는 테이블에 앉아 부추 싹을 손질하고 있었다.

"아이고, 어서 와요."

대학생 셋이 들어서자, 안주인은 만면에 미소를 띠고서 뚱뚱한 몸이 거치적거린다는 듯이 일어섰다.

"새카맣게 탄 걸 보니 학생 운동에 참가했던 모양이로군."

주인이 카운터에서 나와 옆에 있는 의자를 끌어당기더니 앞치마에 손을 닦으면서 앉았다. 한바탕 뜨거운 토론이라도 벌여 보자는 기세였다.

"칼수제비를 준비하면 되려나?"

안주인이 물었다.

"뭐 맛있는 안줏거리 있습니까?"

술을 마신다는 미안함 때문인지 즈챵의 목소리에 힘이 없었다.

“술 마시러 온 건가? 있고말고. 마침 나도 한잔하고 싶었는데.”

주인이 옳다구나 하고 일어나 카운터 안으로 들어갔다.

“가게 문 닫고, 우리 마음껏 마셔 보자고.”

주인은 조리 기구들이 부딪치는 소리에 묻히지 않게 안주인을 향해 크게 소리를 질렀다.

“벌써 문을 닫아요?”

안주인은 내키지 않는지 언짢은 목소리로 되물었다.

“어차피 올 손님도 없어. 나도 간혹가다 한 잔쯤은 마시게 해 줘야지, 안 그런가?”

가게 주인의 얼굴에 능글능글한 미소가 떠올랐다.

“정말 어이가 없다니까. 무슨 운동이 있었다 하면 우리 같은 서민만 피해를 입으니.”

안주인이 투덜거리면서 가게 문에 걸어 놓은 포렴을 거둬들이려 할 때였다.

“어이, 벌써 가게 문 닫나?”

밖에서 굵직한 남자 목소리가 들렸다.

“식사할 건가요? 괜찮아요, 들어와요.”

안주인의 목소리가 갑자가 친절해졌다.

하얀 셔츠와 감색 셔츠를 입은 중년 남자 둘이 들어왔다.

"아이고, 피곤하다. 손님도 없는데, 마시자고."

"우선은 라오바이깐(老白干. 도수가 매우 높은 중국 술—옮긴이)으로 해야겠지, 형님. 우리 아예 한 병 딸까?"

하얀 셔츠가 감색 셔츠에게 물었다.

"그 정도로는 부족하지. 오늘은 마음껏 마셔 보자고."

감색 셔츠가 색깔을 알아볼 수 없을 만큼 더러운 수건으로 얼굴에 돋은 땀을 닦으면서 말했다.

"라오바이깐 한 병 드려요?"

안주인이 반색하며 카운터 안으로 들어갔다.

"여기도, 라오바이깐요."

즈챵이 말했다.

"병으로 할 거야?"

"한 병은 다 못 마실 텐데."

판량이 불안한 목소리로 말했다.

"무슨 소리야. 다 큰 남자 셋이 한 병 정도는 비워야 웃음거리를 면하지."

옆 테이블에서 감색 셔츠가 끼어들었다.

"그럼, 요즘 젊은이들은 잘들 마시니까. 아무튼 한 병 가져올게."

안주인이 동조했다.

타닥거리는 발소리와 함께 안주인이 술과 안주를 들고 나왔다. 볶은 땅콩, 오이와 마늘장아찌, 말린 두부 샐러드……, 똑같은 안주가 두 테이블에 한 접시씩 놓였다.

판량이 잔 세 개에 라오바이깐을 찰랑찰랑하게 따랐다.

"건배."

셋은 잔을 들어 올렸지만, 무엇을 위해 건배하면 좋을지 몰라 움직임을 멈추고 말았다.

"아, 우리의 우정을 위해서 건배!"

즈챵이 적당히 얼버무렸다.

"건배!"

"나도 한 자리 끼어야겠군."

가게 주인이 카운터에서 빈 잔을 손에 들고 나와 이쪽으로 다가왔다.

"아니, 이쪽으로 와서 같이 마십시다."

옆 테이블의 감색 셔츠가 말했다.

"고맙소이다만, 난 학생들과 같이 마시면서 회춘하고 싶어서."

"그럼 테이블을 붙여서 안주인까지 전부 같이 마시는 게 어떻겠소이까?"

"그렇지, 그럼 되겠군."

학생들의 반응은 안중에도 없다는 듯이 그렇게 말하고 주인과 중년 남자 둘은 테이블을 옮기기 시작했다. 하오위엔과 즈챵, 판량은 난감한 표정으로 서로의 얼굴을 보았다.

"그러지, 뭐. 다 함께 마시면 재미도 있을 테고."

판량이 말했다.

"그래, 즐겁게 마시자."

즈챵도 조금은 반기는 눈치였다. 가슴에 쌓인 무거운 것을 녹여 내려면 슬픈 술보다는 즐거운 술이 좋다.

술이 들어가자 모두들 점차 말이 많아지고 표정도 밝아졌다. 하오위엔은 겨우 두 잔을 마셨는데 도수가 67도나 되는 탓인지 두 볼에서 온몸까지 화끈거렸다. 친구들을 보니 역시 눈가가 빨갛고 기분도 한결 좋아진 듯했다. 하지만 젊은 축에 비해 가게 주인과 두 남자의 얼굴색에는 큰 변화가 없었다.

"친한 대학 학생이지?"

"네."

"수고가 많았어. 지난번 학생 운동 때, 나 얼마나 감격했는지 몰라."

"나도 그랬지. 다들 힘들었을 거야. 밥은커녕 물도 마음대로 못 마시면서 말이야. 내가 아는 한 학생은 원숭이처럼 살이 쪽 빠졌더라고. 나도 만두를 만들어서 연좌하는 학생들에게 몇 번이나 날라다 주었지. 백 개가 순식간에 없어지더라고."

"우리 택시 운전사들도 데모가 있으면 손님이 뚝 끊기니까 할 일이 없어 어슬렁거리다 보면, 모금 운동을 하는 학생들과 마주치게 되거든. 그럼 나도 모르게 손이 주머니 속을 뒤지게 되더라고. 수입이 없는데도 내 밥값에서 돈을 내게 되니, 마누라가 얼마나 잔소리를 해 대던지."

"그런 운동이 두 달이나 계속되었으니, 장사고 뭐고 다 엉망이 되었지."

"다들 데모다 연좌다, 그런 데만 정신이 팔려 있으니까 식사도 택시도 생각할 겨를이 없었지. 천안문도 그 모양이 되었으니, 손님이 없는 게 당연할 수밖에."

"장사가 안 돼서 속이 타요, 속이 타."

남자 손님과 가게 주인은 대화에 흥이 올랐다.

"처음에는 반부패를 주장해서 알기 쉬웠는데, 나중에는 솔직히 뭘 주장하는 건지 난 잘 모르겠더라고."

"진짜 목적이 뭐였나?"

가게 주인과 남자 손님들의 시선이 하오위엔과 즈창, 판량에게 쏠렸다.

"민주주의 국가로 만드는 것이죠."

판량이 혀 꼬부라진 소리로 대답했다.

"그러니까 미국처럼 민주적이고 자유로운."

즈챵이 그 말을 보충했다.

"야당과 여당이 있는 나라 말입니다."

하오위엔도 한 마디 거들었다.

"말은 그렇게 하지만, 우리나라에는 공산당밖에 없길 않나."

"그렇지 않습니다. 민혁이라는 국민당 조직과 민주동맹도 있습니다."

"국민당? 설마 장제스를 타이완에서 불러오자는 건가? 그 옛날 내전 당시처럼? 그거야 반혁명이잖나. 마오 주석 시대 같았으면 반혁명은 사형이야. 화가 날 만도 하지, 국가를 전복하려 했으니."

"아니, 무슨 소리를 하는 건가? 민주주의 국가가 되는 것이 어째서 내전이라는 거야? 전혀 별개의 문제라고."

"지금 하는 얘기를 들어 보면, 그때를 연상하지 않을 수 없지. 중앙 간부도 우리와 마찬가지로 생각하지 않을까?"

"내 귀에도 그렇게 들리는군. 마치 공산당에게 정권을 내놓으라고 하는 소리로 들려. 하물며 국민당을 추대하자고 들면,

그야말로 끝장이지."

"그게 아니고요, 내전이 아니라 선거제로 하자는 겁니다. 장제스와는 아무 상관 없는 얘기입니다."

"국민당 운운하면서 장제스와는 아무 상관이 없다고 해 봐야 누가 믿겠나? 국민당 이퀄 장제스인데."

"거참, 뭘 모르는 사람이로군. 이퀄이고 뭐고 장제스는 이미 죽은 사람이잖나. 선거제를 하려면 야당이 필요하다는 얘기일 뿐인데."

"이렇게 큰 나라에서 선거제라니, 누가 누군지도 모르는데 까마득한 얘기 아니냔 말이야. 난 뭐니 뭐니 해도 역시 평화가 제일이라고 생각해."

"내 생각도 마찬가지야. 누가 주석이 되든, 평화롭고 거리에 나가면 택시를 타는 손님이 있고, 마누라나 아이들이 불편 없이 살 수만 있다면 정치야 어떻게 되든 상관없지."

"맞는 말이지. 날마다 민주다 자유다 떠들어 대면 장사고 뭐고 없지. 두 달이나 벌이가 없었으니, 다음 달에는 어떻게 살지 그것도 막막하다고."

"아저씨들은 장사 얘기만 하고. 애국심이란 게 조금은 있어야죠."

즈창이 가슴속에 차 있는 뜨거운 것에 밀리듯 자리에서 일어났다.

"국가흥망, 필부유책. 이 나라를 민주주의 국가로 만드는 것은 우리 중국인 한 사람 한 사람의 책임입니다."

그렇게 말하면서 판량도 비틀비틀 일어섰다.

"아직 젊어서 좋겠군. 부모가 보내 주는 돈으로 아무 걱정 없이 민주다, 자유다, 선거다, 듣기 좋은 말만 할 수 있으니. 처자식을 먹여 살려야 하는 우리 같은 사람들은 애국심만으로는 살아갈 수 없단 말이지."

남색 셔츠의 목소리가 높아졌다.

"사실이 그렇지. 나라를 사랑하는 것보다는 나라의 사랑을 받고 싶다고."

이번에는 하얀 셔츠가 혀 꼬부라진 소리로 말했다.

"도무지 구제할 수 없는 어리석은 사람들이로군!"

알코올이 춤추는 불길이 되어 즈창의 머리로 솟구쳤다. 그 눈에는 야성이 번뜩였다.

"학생, 좋은 집안에서 태어난 덕에 우리들 심정을 모르는 거야. 우리 같은 사람은 그렇게 듣기 좋은 말보다는 먹고살 일을 생각하기 바쁘니까 말이야."

가게 주인이 화를 내는 즈창을 멀건 눈빛으로 보고는, 단숨에 술 한 잔을 들이켰다.

"우리도 가난한 집에서 태어났습니다. 하지만 그 가난에 굴하지 않고 싸워서 이 나라를 풍요롭게 하려고 분발하고 있다 이 말입니다."

"아하, 그렇군. 자네들의 그 분발 덕에 우리들 장사는 파리가 날려서 이제 서북풍을 마시며 살아가야 할 꼴이 되었으니 하는 말이지."

"뭐라고요?"

즈챵이 라오바이깐 병을 손으로 꽉 잡았다.

"자네들의 그 애국 운동 덕에 우리들은 굶어 죽게 생겼다는 말이야."

하얀 셔츠가 비틀거리며 일어나 즈챵의 멱살을 잡았다.

즈챵도 비틀거리며 왼손으로 남자를 밀쳐내려다 오른손에 쥔 술병을 휘둘렀다.

"그만들 해."

옆에 있던 가게 주인이 한 손을 들어 즈챵의 팔을 가로막았지만, 병이 슬쩍 그 팔을 비켜 남자의 왼쪽 어깨에 부딪쳤다. 남자는 등 뒤에 있던 의자로 쓰러졌다. 하얀 셔츠의 어깨 언저리가 점점 붉게 물들었다.

"이게 무슨 짓이야!"

"으윽."

“그만 못 해?”

“위험하잖아.”

잇달아 일어나 싸움에 가세했다. 손, 접시, 젓가락, 술잔까지 무기 삼아 하오위엔과 즈창, 판량이 학생 운동을 모욕한 남자들과 뒤엉켜 치고받는 혈전이 벌어졌다. 의식이 돌아왔을 때, 셋은 근처 파출소에서 경찰관 앞에 앉아 취조를 받고 있었다.

셋은 상해죄와 기물 손괴죄로 3개월의 구류 처분을 받았다. 대학에서는 퇴학 처분이 떨어졌다.

깐 교수가 셋을 찾아왔다. 깐 교수는 초췌하고 야윈 얼굴에, 가벼운 금테 안경이 어울리지 않는 커다랗고 퀭한 눈으로 하오위엔을 보았다.

“힘들고 괴로웠을 거야. 하지만 굴해서는 안 된다. 다시 일어나서 새로운 길을 걸어가야지. 인생의 길은 대학에만 있는 것이 아니야. 역경이 있기에 더욱 힘을 낼 수 있는 것이다. 혁명가는 모두 그런 시련을 딛고 일어났어. 덩샤오핑 역시 몇 번이나 실각하고서도 부활하지 않았느냐. 얼른 나갈 수 있으면 좋겠구나. 또 만나자.”

교수는 그렇게 말하고 주머니에서 손수건을 꺼내 안경을

살짝 올리고, 커다란 눈을 닦았다.

형 하오우잉의 부축을 받으며 아버지도 아들을 만나기 위해 구치소를 찾았다. 하오위엔의 눈물 젖은 얼굴을 본 아버지의 주름진 얼굴에도 탁한 눈물이 흘렀다.

"너에게는 큰 교훈이 될 것이다. 자신에게 져서는 안 된다."

꾸중을 듣게 되리라고만 여겼는데, 자신을 염려하는 아버지의 말을 듣자 하오위엔은 흐르는 눈물을 멈출 수 없었다. 시험장에서 느꼈던 아버지의 기대에 찬 시선이 가슴에 되살아나, 하오위엔은 아버지의 얼굴을 똑바로 쳐다볼 수 없었다. 고개를 숙인 채 오래도록 눈물만 흘렸다.

초를 헤아리고, 조그만 창문으로 비치는 햇살로 시간을 가늠하며 지낸 날들이었다. 같은 구치소에 있지만 동지들과는 방이 달랐다. 식사 때 얼굴은 보지만 말하는 것은 금지되어 있었다. 종일 고독을 견디면서 시간이라는 거대한 적에 대항하는 수밖에 없었다. 잠자는 것마저 아까워할 만큼 중요하게 여겼던 시간인데, 자유를 잃은 지금은 넘치도록 많다. 어지러운 눈앞에서 묵직하게 존재하는 시간과는 대조적으로 자신의 앞날은 뒤틀려 갔다.

석 달 후, 오랜만에 구치소 앞에서 동지들이 모였다. 서로의 야윈 얼굴을 보면서 누구도 먼저 말을 꺼내지 못했다. 침묵과 무거운 발걸음과 함께 친한 대학으로 돌아갔다. 하늘에는 두꺼운 구름이 빈틈없이 드리워 있고, 구름에 짓눌린 기류는 한없이 차가운 기운으로 매정하게 무릎 관절을 파먹었다. 다리가 더욱 무거워졌다.

친한 대학. 쇠처럼 파르스름한 돌 벽에 새겨진 색 바랜 빨간 글자가 굵직한 선으로 두드러지게 쓰인 슬로건과 함께 시야에 들어왔다.

堅決打擊動亂分子(동란 분자를 철저하게 타격하여)
維護安定團結社會(안정된 단결 사회를 지키자)

베이징 대학의 교문 앞에 선 아버지를 선망하며, 친한 대학 앞에 서서 사진을 찍겠다는 꿈을 오래도록 간직하고 있었는데, 그 꿈이 물거품처럼 허망하게 부서지고 말았다. 차가운 바람과 함께 무상함이 하오위엔의 몸에 저며들었다.

맨 앞에서 걸어가던 즈챵이 갑자기 걸음을 멈췄다. 근처에 있는 버드나무로 다가가 머리를 움켜쥐고 나무줄기 쪽으로 구부린 등을 푸들푸들 떨기 시작했다. 억누를 수 없는 사나이의 오열이 가을바람과 하나가 되어 사방으로 퍼져 나갔다.

기숙사는 쥐 죽은 듯이 고요했다. 일행은 아홉 달 동안 지낸 자신들의 방으로 발소리를 죽여 가며 조용조용 걸어갔다. 방으로 들어서자마자, 창문으로 비치는 빛을 가리고 선 마 선배와 마주쳤다. 발치에는 입을 벌린 여행 가방이 있고, 마 선배는 그림자극 속의 인물처럼 서 있었다.

"어!"

"어, 선배!"

깜짝 놀라 서로에게 뭐라 말을 걸면 좋을지 몰랐다.

"짐을 가지러."

잠시 우물쭈물하다가 즈챵이 말했다.

"나도 짐을 가지러."

마 선배도 그렇게 말했다.

즈챵과 하오위엔은 각자의 침대 옆에 쭈그려 앉아 어지럽게 널려 있는 짐을 정리하기 시작했다. 마 선배는 위층 침대에 널려 있는 것들을 여행 가방에 닥치는 대로 쑤셔 넣었다.

"참, 즈챵. 어떤 여자가 네게 전해 달라고 맡긴 물건이 있어."

마 선배가 비닐 봉투를 즈챵의 침대로 휙 던졌다.

"빠이 잉루라고 하던데. 학생 리더 맞지?"

즈챵은 아무 대꾸도 하지 않고 비닐 봉투를 열었다. 안에서 하얀 셔츠가 나왔다. 잉루가 입었던 '아애중국'이었다. 하오위엔은 몸을 비틀어 즈창의 어깨 너머로 들여다보았다. 셔츠를 펼치자, 빨간 선으로 이어진 한 글자 한 글자 아래 만년필로 '즈창, 또 보자! 잉루 1989. 7. 4.'란 글자가 적혀 있었다.

"행방불명되었다는 소문이 돌던데."

마 선배가 말을 이었다.

"깐 교수도 혼자 해외로 망명했고. 너희들은 이용당한 거야. 덕분에 난 미국 비자를 받았는데도 다시 심사를 받아야 하는 신세가 되었다. 그래서 아직 떠나지 못하는 거야. Crazy다, Crazy."

마 선배가 계속 투덜거렸다.

즈창은 소리 없이 울고 있었다. 옆에서 그 기척을 느끼면서도 즈창의 얼굴을 차마 볼 수 없는 하오위엔은 티셔츠로 눈길을 돌렸다. 잉루라는 두 글자가 젖어들면서 파란 잉크가 번졌다. 하오위엔의 눈에도 그 색이 퍼지면서 색깔 없는 혼돈으로 변해 갔다.

7

'또 1년이 지났군.'

저녁을 먹고 있던 하오위엔은 아내가 된 우메의 등 뒤 벽에 걸려 있는 달력을 보고서 알았다. 네 자리 수의 커다란 검정 글자 위에 더 큰 글자로 '12'라 적혀 있다. 1999년 12월. 이 한 장마저 넘어가면 새하얀 벽이다. 그런 생각을 하자 왠지 불안해졌다.

현재 도쿄에 살고 있는 하오위엔은 2008년 제29회 하계 올림픽 개최지를 결정하는 IOC 총회에 앞서 중국이 개최국으로 선발되지 않도록 반대하는 서명 운동에 분주하다. 친구와 지인, 그리고 중국인들이 많이 모이는 장소에서 알게 모르게 동포를 설득해 서명을 받는 나날을 보내고 있다.

중국 민주 동지회 일본 지국의 일원이 된 지 벌써 7년이 되었다. 지금은 이름도 거창한 간사장이라는 직책을 맡고 있다. 7년 전 처음 일본 땅을 밟았을 때에는 상상도 하지 못한 일이었다.

1992년 3월, 하오위엔은 새색시 우메와 함께 시골의 고향 집에서 음력설 휴가를 보내고 친두로 돌아왔다. 내일로 다가온 일본행. 그날 저녁에는 즈창과 단둘이 조촐한 송별회를 가졌다.

1989년에 퇴학 처분을 받고 고향인 쓰촨으로 돌아가는 판량을 배웅했다. 하오위엔도 고향으로 돌아갈까 어쩔까 고민하는 동안, 즈창은 극단적으로 말이 없어지더니 시골에서 친두로 돈을 벌기 위해 올라온 노동자들에 섞여 이를 악물고 하루벌이 노동을 시작했다. 있는 시간을 전부 노동에 투자하고, 번 돈은 절약해서 시골로 송금하는 즈창. 하오위엔은 한동안 망설인 끝에 동생인 하오싱과 우메가 함께 사는 아파트에 빌붙어 살면서 즈창과 함께 건축 현장에서 일하기로 했다. 희망에 부풀었던 대학 생활에서 바닥을 기는 노동자로 전락, 그 생활이 2년 반 남짓 계속되었다.

"리슈는 못 온다고 연락이 왔어."

즈창이 미안한 표정으로 말했다.

"취직 때문에 그런 거니까 어쩔 수 없지, 뭐."

하오위엔은 활달하게 미소 지으며 대꾸했다.

"퇴학 처분을 받지 않았다면, 우리도 지금쯤 취직 때문에 바빴을 텐데."

"새삼스럽게 무슨 소리냐."

"큰 인물이 되겠다고 큰소리 땅땅 쳤는데, 이 꼴이 되었으니."

즈창은 고개 숙인 채 말꼬리를 삼켰다. 퇴학과 실연을 한꺼번에 경험한 즈창은 그런대로 의연하게 처신했지만, 때로는 깊이 숨어 있는 상처가 불쑥 말이 되어 밖으로 튀어나온다.

"오늘은 맥주도 사 왔다."

하오위엔은 손에 든 봉투를 테이블에 내려놓았다. 둘은 경험을 통해 얻은 교훈을 지키기 위해 술을 삼가고 탄산음료를 마시면서 괴로운 가슴을 서로에게 털어놓곤 했다. 하지만 오늘은 중국에서 보내는 마지막 밤. 힘든 시간을 함께 보낸 친구와 마시고 싶은 생각에 맥주 두 병을 사 들고 즈창이 사는 허름한 임시 건물을 찾은 것이다.

"미안하다, 괜한 소리를 해서. 오늘은 즐겁게 마셔야 하는데."

즈창이 억지로 웃었다. 조그만 테이블에 둘이 마주 앉았다. 접시도 잔도 없어 즈창은 사 온 반찬거리의 비닐 봉투를 뜯어 그대로 테이블에 올려놓았다. 그리고 칼바람처럼 스미는 외풍을 안주 삼아 병째 맥주를 들이켰다.

"일본에 도착하면 편지 보내라."

"그럼. 귀찮을 정도로 시시때때로 보낼게."

"판량처럼 투정 부리는 소리만 쓰면 안 돼."

"너야말로."

"너까지 떠나고 나면, 나도 과거와 결별할 수 있을 것 같다. 후련해질 거야."

즈챵의 야성적인 눈이 잠시 빛났다가 다시 흐려졌다. 그리고 이불 속에서 비닐 봉투를 꺼내 하오위엔에게 건넸다.

"기념이다. 가져가."

"참, 전에 말한 일본 노래 테이프, 가져왔는데."

하오위엔이 가방 속에서 카세트테이프를 꺼냈다.

"들어 봐야 알지도 못하는 일본말, 쇠귀에 경 읽기지."

즈챵은 말은 그렇게 하면서도 침대의 머리맡에 놓여 있는 조그만 테이프 리코더를 끌어당겼다. 즈챵의 빈곤한 생활 가운데, 중고품 가게에서 산 낡은 리코더가 유일한 사치품이었다. 즈챵은 테이프 케이스를 열어 멀뚱멀뚱 쳐다보다가, 볼을 부풀리고 입술을 뾰족 내밀어 후, 숨을 내불고서야 테이프를 집어넣고 재생 버튼을 눌렀다.

I love you

지금은 슬픈 노래를 듣고 싶지 않아

I love you

흐르고 흘러 다다른 이 방…….

조그만 스피커에서 흘러나오는, 울부짖는 듯한 노랫소리가 조립식 임시 건물을 뒤흔들었다. 즈챵의 오른손에 쥐여 있는 젓가락이 움직임을 멈췄다. 맥주병을 쥔 왼손이 부들부들 떨렸다. 하오위엔 역시 숨을 죽이고, 살며시 눈을 감았다. 이 노래 덕분에 인연을 맺게 된 우메와의 일이 알알이 되살아났다. 작년 7월, 고등학교를 졸업하고 일본으로 돌아가는 우메를 입시 준비에 바쁜 동생을 대신해서 공항까지 배웅했다. 우메는 워크맨과 함께 테이프 하나를 건네주었다. 그때, 묘하게 빛났던 우메의 눈. 그리고 출국장을 향해 점점 멀어져 갔던 조그만 등. 오자키 유타카의 노랫소리가 그때와 똑같은 힘으로 고막을 때렸다. 심장이 찢어질 듯한 아픔이 밀려왔다.

갑자기 외풍이 난류처럼 느껴졌다. 눈을 떠 보니 마주 앉은 즈챵은 커다란 두 손으로 얼굴을 감싸고 있었다. 숨소리가 갑자기 거칠어졌다. 자신과 똑같은 것이 가슴속에서 들끓는 것이리라. 즈챵의 모습 너머에서 잉루의 환영이 어른거렸다.

나리타로 향하는 비행기 안에서, 제 나라를 떠나는 슬픔에 어쩔 줄 모르는 하오위엔의 마음은 마치 조그만 창밖에 떠다니는 구름 같았다. 친한 대학의 대강당에서 깐 교수가 리드미컬하게 낭독했던 쉬즈모(徐志摩)의 시가 뇌리에 울렸다.

나 이제 훌쩍 떠나네
훌쩍 왔을 때처럼
살며시 손을 흔들며
서쪽 하늘 구름에 마지막 인사를 하네
나 이제 훌쩍 떠나네
훌쩍 왔을 때처럼
살며시 소맷자락 떨치네
구름 한 조각마저 가져가지 않도록

하오위엔은 무심결에 오른팔을 들려 했지만, 팔이 꼼짝하지 않았다. 문득 이 시에 미처 헤아리지 못한 뜻이 남아 있는 것은 아닐까 하는 생각이 들었다. 구름 사이를 헤치고 움직이는 비행기의 굉음에 귀가 찌릿찌릿했다. 고개를 돌리다가 부드럽게 미소 띤 얼굴로 자신을 쳐다보는 우메와 눈이 마주쳤다.

고등학교를 졸업하고 일본으로 돌아간 우메가 하오위엔에

게 보낸 편지 한 통에는 사랑을 고백하는 글이 담겨 있었다. 한 아파트에서 2년 넘게 같이 살면서 남모르게 사랑을 키워 온 것이었다. 우메의 편지를 읽고서 지금까지 세상의 쓴맛만 보고 살았던 하오위엔은 가슴속에서 피어오르는 따스한 감미로움을 맛볼 수 있었다. 그때부터 사랑의 감미로움은 하오위엔의 생활에 없어서는 안 될 버팀목이 되었다.

우메 역시 평생에 딱 한 번뿐인 새신부의 모습을 동경하고 있을 것이다. 하지만 도저히 그 꿈을 이루어 줄 수 없었다. 결혼이 결정되고, 우메의 부모님이 일본에서 건너와 하오위엔의 부모님을 만났다. 혼인 신고를 하고 결혼식 준비까지 해 주었다. 그런데도 형편없는 꼴로 추락한 자신이 새신랑이 되어 많은 사람들 앞에 서야 한다는 것이 두려워 예식을 거부했다. 하오위엔의 마음을 헤아린 우메도 결혼식은 올리지 않겠다고 했다. 하오위엔의 부모는 면목 없는 표정으로 우메의 부모에게 사과했다.

"억지로 할 것은 없지요. 하오위엔은 성실한 사람이니, 그분한 마음을 어찌 모르겠어요. 당사자들이 좋다면야 부모들이 뭐라고 할 건 없지요. 행복하게 살아만 준다면, 더는 바랄게 없어요."

우메의 어머니가 의외로 순순히 상황을 이해해 주었다. 결혼식 대신, 양쪽 집안 식구끼리만 모여 식사를 하면서 축하하는 자리를 가졌다. 그리고 우메의 부모는 우메만 남겨 두고 일본으로 돌아갔다.

겨울바람이 몰아치는 황투 고원을 출발해 세 시간 남짓을 날아갔다. 비행기에서 내리자, 도쿄는 봄기운이 완연했다. 벚나무에 꽃망울이 조롱조롱 맺혀 있는 화사한 계절이었다. 하오위엔은 짐 가방을 끌면서 우메의 뒤를 말없이 따랐다. 입국장을 빠져나가 전철 타는 곳으로 향했다. 스쳐 지나가는 사람들, 남녀노소, 황색, 갈색, 검은색, 하얀색의 다양한 인종들. 그야말로 세계에 뛰어들었다는 감격이 한동안 가시지 않았다.

폼에서 전철을 기다리고 있는데, 맞은편에 대학 기숙사의 벽 한 면만큼이나 커다란 간판이 눈에 들어왔다. 삼십 대 중반의 남자가 샴푸로 머리를 감는 광경이었다. 넓은 이마는 번들번들 빛나고 듬성듬성 곤추선 머리카락 위로 샴푸 거품이 부글거렸다. 그리고 옆으로 튄 거품을 따라 그려져 있는 '발모력'이란 세 글자. 마치 콜라로 샤워라도 한 것처럼 처음 경험하는 상쾌함이 두피의 모공 하나하나에서 솟아올랐다. 머리털이 쭈뼛 서는 느낌이었다. 하오위엔은 자신도 모르게 머리를 마구 흔들었다. 광고판의 거품이 자신의 머리에서 터지는 듯한 환각에 사로잡혔다. 오랜만에 머리가 맑아지면서 온몸에서 되살아난 무언가가 거품처럼 부풀었다.

전철을 바꿔 타면서 세 시간, 우메의 부모와 오빠인 따슝이 기다리는 집에 도착했다. 그리고 일주일 후에 따슝과 함께 일본에서의 '농민공(農民工. 중국에서 돈벌이를 위해 고향을 떠난 사람을 일컫는 말―옮긴이)' 생활을 시작했다. 동시에 달콤쌉싸래한 신혼살이도.

외국에서 처음 맞은 6월 4일. 애독하는 중국어 신문을 통해 히비야 공원에서 기념집회가 있다는 것을 안 하오위엔은 일을 하루 쉬고 따슝과 함께 참가하기로 했다. 형인 하오우잉과 나이도 같고 어렸을 때부터 친한 친구였던 따슝은 중학교에 들어가자마자 일본으로 건너왔다. 우메와 같은 학교에 다니면서 온갖 괴롭힘을 당하는 바람에 부모는 중국으로 다시 돌아가 학교에 다닐 것을 권했지만, 일본말을 모르는 부모를 염려해 굳이 일본에 남았다. 그는 지금 하오위엔의 둘도 없는 친구가 되었다.

한낮의 히비야 공원은 남녀 회사원들로 북적거렸다. 다들 햇볕이 따스한 벤치에 앉아 무릎에 펼쳐 놓은 손수건 위에 도시락을 올려놓고, 한가로운 한때를 즐기면서 알록달록한 점심을 먹고 있었다. 그런 정경을 본 둘은 말을 삼가고 발걸음도 조심스레 천천히 걸으면서 일본에서만 느낄 수 있는 평온한 분위기를 섬세하게 만끽하려 했다.

접수 시간 전에 중국말을 할 줄 아는 사람들이 속속 모여들었다. 마스크를 하고 선글라스를 끼고서 낯선 사람들과의 대화가 조심스러워 꺼리는 사람도 있었지만, 그런 것을 개의치 않는 사람들은 서로에게 말을 걸면서 마치 오랜 친구 사이처럼 금방 친해졌다. 형식적이나마 사전에 경찰에 신고한 길을 행진한 후, 저녁때가 되어서는 신바시 근처에 있는 허름한 술집에서 친목회가 열렸다. 미국에 망명 중인, 이름이 알려진 민주화 운동가이자 민주 동지회의 기관지 『월간 민주론』의 편집장인 장베이쑹 씨를 초대 손님으로 맞아 담화를 나누며 친목을 도모했다.

장베이쑹의 자리에서 약간 떨어진 구석에 자리한 하오위엔은 테이블을 사이에 두고 친한 친구와 마주 앉아 포테이토칩을 와삭와삭 씹으면서 세상 돌아가는 얘기를 두서없이 나누었다.

"거기, 하오위엔이라고 했나. 사람이 너무 많아서 한꺼번에 기억할 수가 있어야지."

건너편에 앉은 몸집이 큰 베이징 사람 황 씨가, 세련된 베이징 어로 말을 건넸다.

"하오위엔입니다. 이쪽은 따슝이라고, 제 처남입니다."

"그렇군. 이제 기억했어. 자네들은 어떻게 참가하게 된 거지?"

"어떻게는요. 참가하고 싶어서 참가한 거죠."

"내가 궁금한 것은, 그 참가하게 된 동기라 이 말이지."

"동기요? 살인을 한 것도 아닌데. 그거야 뻔하죠. 중국이 하루빨리 민주주의 국가가 되기를 원해서가 아니겠습니까."

"거창하기는."

황 씨는 포테이토칩을 이 사이에 물고서, 입을 일그러뜨리며 히죽 웃었다.

하오위엔은 조금 불쾌했다.

"그런 거창한 생각이 있어서가 아니겠지. 비자를 바꾸려는 속셈 아닌가?"

"무슨 말이죠? 비자와 이 모임이 무슨 관계가 있다는 겁니까?"

"중국에 돌아가면 박해를 당할 수도 있는데, 집회에 참가하면 특별 체재 비자를 신청할 수 있다는 소리를 듣고서 온 거 아니냐 이거지."

"아닙니다. 그런 사람이 어디 있겠습니까?"

분노가 치솟은 하오위엔은 눈을 희번덕거리며 황 씨에게 말했다.

"여기."

황 씨는 조그만 소리로 짧게 말하고는, 셔츠 깃 속으로 목을 움츠리고 엄지손가락으로 자신의 코를 가리키며 천진하게 웃었다. 커다란 덩치에 어울리지 않게 어린아이처럼 웃는 모습이 얄밉지 않았다. 하오위엔은 뒤통수라도 얻어맞은 양 더는 아무 말도 하지 못했다.

"하하, 솔직한 사람 같으니."

옆에서 따슝이 언짢아하는 하오위엔을 대신해 넌지시 그렇게 말했다. 대화가 끊기지 않게 상황을 수습하려 한 것이었다. 두서없는 대화가 또다시 흘렀다.

돌아가기 전에 틈을 보아 장베이쑹 옆으로 다가가 말을 걸면서, 미리 적어 온 깐 교수와 잉루의 행방을 찾아 달라는 내용의 편지를 건넸다.

"저는 황투 고원 친두에서 온 량 하오위엔이라고 합니다. 해외로 망명한 제 스승과 친구가 어쩌면 미국에 있을지도 모르겠습니다. 이름과 제 연락처를 써 두었습니다. 찾아 주실 수 있을까 해서요."

하오위엔은 애절한 눈빛으로 간청하듯 장베이쑹을 보았다.

탄탄한 체격에 까무잡잡하고 각진 얼굴, 두툼한 입술, 턱을 덮은 굵고 짧은 수염. 독특한 카리스마를 풍기는 두꺼운 눈두덩 위에 굵직한 눈썹이 존재감을 더하는 사람이었다.

"아, 황투 고원에서 왔나. 옛날 생각이 나는군. 나도 옛날에 그곳에서 지식 청년으로 3년 동안 지낸 일이 있지. 스승과 친구를 찾고 싶다고, 내게 맡기게. 미국에 있다면 반드시 찾아 줄 테니까."

장베이쑹은 무겁게 고개를 끄덕이고는 커다랗고 살집이 있는 손으로 하오위엔의 손을 잡고, 사나이의 약속을 담아 두툼한 입술을 굳게 다물었다. 황토 냄새가 풍기는 듯한 친근감을 느낀 하오위엔은 장베이쑹의 손을 오래도록 흔들었다.

"장 선생님과 사진 좀 찍어 줄래요?"

뒤에 있는 사람이 잡아당겼다. 뭐라 말하기도 전에 카메라가 하오위엔의 손에 건네졌다.

그날 하오위엔은 민주 동지회에 입회했다. 일본 지국의 대표인 상하이 출신 위엔리는 딱딱한 종이로 만든 회원증에 하오위엔의 이름과 생년월일과 본적을 써넣고, 대표자란에 돌로 만든 커다란 자신의 도장을 꾹 눌렀다.

"언젠가 우리나라가 민주주의 국가가 되면, 우리가 그 선봉이 되는 셈일세. 그러니 힘내자고."

가부키 배우처럼 하얀 피부에 서글서글한 얼굴, 길쭉한 눈, 길게 자란 귀밑털 옆에 부채꼴로 튀어나와 있는 귀, 야윈 몸집에 동글동글한 어깨. 위엔리는 여장 배우로 더할 나위 없는 용모였다. 그의 기대에 찬 시선이 좌중을 한 바퀴 돌아 다시 하오위엔에게로 돌아왔다. 마치 시간이 1921년으로 돌아가, 상하이에서 열렸던 중국 공산당의 제1회 당 대회에라도 참가한 듯 엄숙한 분위기였다.

그 후, 하오위엔은 일하는 틈틈이 짬을 내어 집회에서 받은 『월간 민주론』을 섭렵했다. 그리고 민주주의가 무엇인지, 중국의 민주화 운동을 그토록 뜨겁게 달구었던 일원이었으면서 아무런 지식이 없었다는 것을 비로소 깨달았다.

'위대한 자유 민주주의 국가—미국'이란 제목하에 장베이쑹이 연재한 글도 몇 편 읽었다. 6·4 천안문 사태 직후에 처자식을 데리고 미국으로 건너간 장베이쑹은 전 중국 정치대학의 정치학 교수로 마르크스와 레닌, 마오쩌둥 사상에 깊이 물든 전문가였다. 하오위엔은 딱딱한 수염에 덮인 턱을 떠올리면서 장베이쑹의 한 마디 한 마디에 고개를 끄덕였다. 과연 미국이었다. 인권 조직과 자원 봉사 단체는 물론 일반 국민도 중국의 민주화를 응원하고 있었다. 민주 동지회에도 미국 회원이 많은 듯했다.

　　장베이쑹으로부터 일본인 회원을 늘리도록 하라는 지시가 몇 번이나 있었다. 하오위엔도 주위에 있는 일본 사람들에게 늘 입회를 권하고 있지만, 실제로 입회한 사람은 우메와 따슝, 둘뿐이었다. 하지만 중국 잔류아 2세인 우메와 따슝은 자신들이 일본 사람이라는 자각이 전혀 없는 데다, 회원들 역시 그 둘을 일본 사람으로 대하지 않았다.

8

민주 동지회는 친목회라는 명분하에 매달 네 번째 토요일 저녁때, 늘 가는 선술집에 모여 활동했다. 백 명 남짓한 회원의 절반 이상이 다달이 참석한다. 때로는 가족까지 데리고 오는 일도 있어, 모임은 늘 성황이다. 셋집을 얻어 우메의 부모님 집에서 분가한 지 얼마 지나지 않아 우메가 임신한 것을 알게 되었다. 하오위엔은 입덧으로 괴로워하는 우메는 집에서 쉬게 하는 한이 있어도, 따슝을 데리고 빠짐없이 친목회에 참석했다.

외로움을 잘 타는 따슝은 두말 않고 따라갔다. 많은 중국인 사이에 섞여, 중국인끼리만 나눌 수 있는 허물없는 온정을 누리기 위해서였다. 술집에 들어서면 따슝은 마치 경찰견이라도 된 것처럼 사방을 돌아보며 킁킁 무슨 냄새를 맡으려 했다. 그 상대가 황이라는 것을 하오위엔은 세 번째 모임에서야 겨우 눈치 챘다.

"저 황이란 사람과는 애써 친해지려 할 거 없어. 기회주의

자라고. 난, 경멸스러워."

따슝의 기대감에 찬 시선을 보다 못한 하오위엔이 심각하게 경고했다.

"그런 소리 마. 다들 성인군자가 아니라고. 다소 약삭빠른 구석이 있다지만, 살기 위해서잖아. 그 정도는 이해해 줘야지."

따슝은 그렇게 말하고는, 저쪽에서 다가오는 황을 보고 손을 흔들며 뛰어갔다.

"노형, 노형."

황 역시 따슝의 얼굴을 보는 순간 반색했다.

하오위엔은 실망하면서 둘을 그 자리에 남겨 놓은 채 사람들 사이를 헤치고 앞으로 나아갔다. 앞에서는 리더들이 위엔리를 둘러싸고 민주론을 펼치고 있었다. 이곳이야말로 내가 있을 곳이다, 하고 하오위엔은 숨을 돌리며 안도감을 느꼈다.

모임은 우선 위엔리가 세계의 민주 정세에 대해 설명하는 것으로 시작된다. 그리고 일본 지국의 간사 왕원이 앞으로의 활동 계획을 설명하면 그 다음은 자유 토론으로 이어진다.

"오늘은 홍콩의 중국 반환에 대해서 말씀드리겠습니다. 지금 홍콩을 비롯해서 전 세계가 반대 운동을 펼치고 있습니다. 우리 일본 지국은 '홍콩 반환 반대, 일국양제(一國兩制. 하나의 국가에 두 개의 체제) 반대, 중국을 자유 민주 국가로!'란 기치하에 서명 운동을 중심으로 활동을 해……."

왕원이 기운 없는 목소리로 말을 질질 끌면서, 가는 눈으로 좌중과 손에 든 자료를 번갈아 보면서 말했다.

"서명할 때 진짜 이름을 씁니까, 아니면 대충 써도 되는 겁니까?"

그런 질문이 나왔다.

"그건."

왕원은 대답할 말이 궁한지 옆에 있는 위엔리에게 도움을 청하려고 눈동자를 굴렸다.

"그건."

위엔리는 고개 숙인 채 헛기침을 한 번 하고는, 왕원의 말을 이어받았다.

"각자의 판단에 맡기고 싶은데, 그렇다고 글씨체가 모두 같으면 안 되고, 적당히 알아서들 하면 되지 않을까."

"일본 이름으로 써도 괜찮은 건가?"

"세계적으로 펼치는 운동이니까, 상관없겠죠."

"허, 그렇게 적당히 해도 되는 겁니까?"

좌중에서 웅성웅성 불만이 터져 나왔다.

친목회는 끝났지만 늘 그렇듯이 중견 분자 일고여덟 명이 남아 자유롭게 토론하는 시간을 가졌다. 하오위엔도 따슝을 끌고서 중견에 끼어들었다.

"대체 사람들이 뭐라고 하는 소린지 알겠어?"

따슝은 간혹 불만스럽게 물었다. 중국을 떠난 지 10년이 지난 따슝에게 이런 모임은 그저 심심풀이에 지나지 않는 듯했다.

"모르는 게 있으니까 남는 거지."

하오위엔도 퉁명스럽게 대답했다.

"정말 대단하군. 민주다 뭐다, 그렇게 심각하게 생각하는 사람은 너뿐일 거야."

"다들 생각하니까, 그러니까 집회에도 참가하는 거지."

"민주를 생각하는 사람이 절반이나 되려나. 대부분은 돈벌이 때문이야."

"그렇지 않아. 다들 진지하게 임하고 있다고. 하기야 개중에는 황 같은 사람도 있지만."

"그 사람은 오히려 솔직한 거지. 위엔리의 그 큼직한 가방 봤어?"

"봤는데. 그게 왜?"

"이러니까 뭘 모른다는 거지. 그 안에 들어 있는 게 전부 101이야."

"101이라니?"

"발모제 말이야. 얼마 전에 내게도 머리 벗어진 일본 사람 좀 소개해 달라고 부탁하더군."

"정말?"

하오위엔은 믿을 수 없다는 표정으로 따슝을 보았다.

"정말이지. 샘플로 하나 빌려 줄까, 하는 소리까지 했는데."

따슝의 득의양양한 표정에 하오위엔은 맥이 쫙 빠지고 말았다.

"그렇게 맥 빠질 일이 뭐 있어. 먹고는 살아야지. 민주만 가지고는 살아갈 수 없다고. 너 정말, 세상 물정 모른다."

따슝은 하오위엔의 마음을 달래듯 말했다.

일본에 온 지 만 1년. 역에서 아파트로 걸어가는 길가 벚나무가 엷은 분홍색으로 물들었다. 그 몽환적인 분위기에서 어딘가 모르게 적막함을 느끼는 한편, 가슴 뛰는 감동을 느끼기도 한다. 이 얼마나 아름다운 꽃이냐, 신비로운 힘을 갖고 있는 멋진 꽃이다!

머지않아 태어날 아이도 이 꽃처럼 예쁘고 멋질 것이다. 사쿠라, 이름을 사쿠라라고 짓자. 머릿속에서 순간적으로 아이의 이름이 번뜩였다. 흥분한 하오위엔은 우메가 기다리는 집으로 걸음을 서둘렀다.

홍콩 반환 반대 서명 용지에 자신의 이름을 먼저 쓰고, 이어서 우메와 태어날 아이의 이름인 사쿠라까지 썼다. 중국을 떠나기 전날 밤, 즈챵이 비닐 봉투에 담아 건네준 'I love You!' 티셔츠를 서명 용지 옆에 펼쳐 놓고, 베이징에 꽂혀 있는 빨간 국기를 바라보면서 즈챵에게 편지를 썼다.

이국땅에서 많은 동지를 만난 기쁨을 하루빨리 즈챵에게 전하고 싶었다. 일본 사진과, 복사한 장베이쑹의 글을 동봉해서 항공편으로 보냈다.

즈챵이 과연 어떤 반응을 보일까. 인쇄 공장에서 일할 때에도 친두 시정부 앞 광장에서 있었던 일이 주마등처럼 지나갔다. 눈물을 참으려고 얼굴 한가운데 두 눈과 코로 이루어진 삼각형 부분에 힘을 주자 그 아픔이 머리로 올라가 치달렸다.

점심시간이 되어 골치 아픈 기계의 전원을 끄고 휴게실로 들어갔다. 관리과장과 함께 사랑하는 아내가 싸 준 도시락을 펼쳤다.

"량 씨, 기운이 없어 보이는데, 괜찮나?"

과장은 번들거리는 머리와 수염으로 거뭇거뭇한 턱, 짓눌린 것처럼 눈, 코, 입이 오종종하게 한데 모여 있는 얼굴에 미소를 띠고서 친절하게 물었다.

“아닙니다. 별문제 없습니다.”

하오위엔은 서툰 일본말로 대답했다.

“그렇다면 다행이지만. 무슨 일 있으면 언제든 얘기하라고. 의논 상대가 되어 줄 테니까.”

“아, 한 가지 있습니다.”

하오위엔은 서명 용지가 들어 있는 가방을 열었다.

“뭔데?”

과장이 갑작스럽다는 표정을 지으며 밥을 먹다 말았다.

“여기에, 이름을 좀 써 주십시오.”

“음, 어디.”

과장은 하오위엔이 건넨 서명 용지를 유심히 들여다보았다.

“홍콩 반환 반대라. 자네는 반대하나? 자네, 중국 사람이잖아. 그런데 반기지 않는 거야?”

과장은 젓가락과 종이를 테이블에 내려놓고 이해할 수 없다는 듯이 하오위엔을 보았다.

“중국도 민주주의 국가가 되기를 바랍니다.”

하오위엔도 젓가락을 내려놓으며 무겁게 말했다.

“흐음, 잘 모르겠지만 내가 서명을 하면 뭐가 좀 달라지나? 하기는 나야 상관없는 일이지만.”

과장은 가슴 주머니에서 볼펜을 꺼내 쓱쓱 이름을 써 주었다.

"그보다 말이지, 소문을 듣자 하니 중국에 101이라는 발모제가 있다면서? 아주 효과가 좋다던데, 그거 하나 살 수 있는 방법이 없을까?"

과장은 왼손으로 민들민들한 이마를 긁적거리고 머쓱해하면서 물었다.

"없습니다."

따숭이 전에 한 말이 떠오르기는 했지만, 하오위엔은 고개를 저으며 주저 없이 부정했다.

"홍콩 회사와 얘기가 잘 안 풀려서 그러는데, 오늘 친목회, 자네가 주재해 줄 수 있을까?"

밤중에 위엔리에게서 전화가 걸려 왔다. 홍콩 반환 반대 활동을 하다 보니 홍콩 사람들과 많이 알게 되어, 그 인맥을 활용해서 홍콩계 회사 쪽에 무역을 해 보자고 했단다. 그 뽀얀 얼굴에 장사 기질이 숨어 있었다니, 하오위엔은 상상도 하지 못했던 일에 입이 다물어지지 않았다. 따숭이 한 말을 이제야 믿을 수 있을 것 같았다.

친목회는 평소대로 진행되었다. 하오위엔은 위엔리의 자리에 앉아, 모인 사람들의 수에 전전긍긍하면서 답답한 표정으로 시곗바늘을 보았다. 예정된 시간에서 30분이 지났는데도 고작 열몇 명뿐이다. 요즘은 친목회를 열 때마다 사람 수가 줄어든다. 그런 데다가 국제 정세나 앞으로의 활동 상황에 대한 얘기는 듣지 않고, 비자 관계나 임금이 비싼 아르바이트 자리, 진학에 관한 얘기만 좌중 여기저기서 들린다. 그야말로 혼자서 북 치고 장구 치는 셈이다.

"흥분할 거 없어. 자각 있는 사람은 그렇게 많지 않다고. 민주화도 필요하지만, 비자를 받아서 조금이라도 돈을 많이 주는 일을 하고, 그리고 돈 모아서 언젠가 중국에 돌아가면 조그만 가게라도 차리고 싶은 게 우리 꿈이야. 더는 바라지 않는다고. 안 그런가, 따슝?"

친목회가 끝나고 따슝과 함께 계산을 치르고 있는 하오위엔을 기다리는 황의 눈빛에 동정이 어려 있었다. 하오위엔은 말없이 황을 노려보고는, 휑하니 걸어 나갔다.

"기다려, 하오위엔. 기다리라니까."

따슝이 뒤에서 하오위엔의 팔을 잡았다.

"우리, 노래방 가자. 우메에게도 벌써 얘기해 놓았어."

"그럴 기분 아니야. 난 가겠어."

"그래도, 가끔은 괜찮잖아. 내가 낼 거야."

따슝은 하오위엔을 잡고서 애걸하는 표정으로 말했다. 하오위엔의 지친 팔이 따슝의 손에서 미끄러져 떨어졌다.

"가자, 응. 굳이 자기 자신과 싸울 필요 없잖아. 스트레스를
풀 때도 있어야지. 오늘은 내가 낼게."

황은 허리를 약간 구부려 하오위엔의 어깨를 받치듯 하고서
바로 옆에 있는 노래방으로 끌고 갔다.

밀폐된 조그만 방에는 앞 손님의 담배 연기가 고여 있었다.
어슴푸레한 불빛, 정면에 있는 커다란 텔레비전 화면이 왕왕
울리는 음악 소리와 공명하며 셋을 집어삼켰다. 자리에 앉자
마자 따슝은 두꺼운 노래 책에서 재빨리 한 곡을 골라 번호를
찍었다.

"하오위엔, 내가 좋아하는 노래다. 자, 빨리 불러."

따슝은 하오위엔에게 억지로 마이크를 쥐어 주었다. 흘러나
온 곡의 도입부에 하오위엔은 몸을 푸르르 떨면서 천천히 일
어나 마이크를 다잡아 쥐었다. 화면을 흐르는 자막은 보지 않
아도 알 수 있다. 추운 하늘에 울부짖던 소리를 노래로 부르기
시작했다.

친두의 공항에서 오자키 유타카의 'I love You!'를 처음 들
었을 때의 떨림을 세월이 지난 지금도 잊지 못한다. 뜻을 알
수 없는 가사가 떨리는 가슴에 거슬리지도 않았다. "I love
You!" 하고 외치는 순간, 콘크리트처럼 딱딱하게 굳어 있던
자신이 와르르 허물어지면서 눈 깜짝할 사이에 부스러기가

되고 말았다. 곡이 끝나고 잠시 후 정신을 차리자, 허물어졌던 자신이 새로운 모습으로 꼴을 이루고 있었다. 몸도 한결 개운하고 가뿐했다.

일본에 와서 처음 배운 일본말도 이 노래의 가사였다. 우메를 따라 몇 번이나 발음을 연습하고, 워크맨을 거푸 들으면서 흥얼거렸다. 오자키의 라이브 공연을 한번 보고 싶다고 했더니, 우메가 생긋 웃으며 고개를 끄덕이고는 공연 정보를 수집해 주었다. 한참 그러고 있을 때에 텔레비전 뉴스에서 오자키의 죽음을 알렸다. 4월이 끝나 가는, 하오위엔이 일본에 온 지 한 달쯤 지났을 때였다.

하오위엔은 다리가 후들거려 서 있을 수가 없었다. 그날 밤따슝, 우메와 함께 노래방에서 노래를 부르며 밤을 새웠다. 어떤 것은 허물어지고 또 어떤 것은 새로운 모양으로 다시 태어나는, 그런 일들이 계속되었다.

"하오위엔의 기분은 알겠는데, 이 노래만 부르니까 왠지 쓸쓸해지잖아. 나도 한 곡 부르자."

황이 자신의 노래에 취한 하오위엔을 소파에 앉히고, 자신이 부를 곡의 번호를 눌렀다. 템포가 빠른 곡이었다. 황은 일본말 가사를 미처 따라가지 못해 군데군데 건너뛰면서 노래했다.

"일본말은 진짜, 너무 어려워. 따슝, 자, 일본 사람이 나설 차례다."

황은 마이크를 따슝에게 넘겼다.

"좀 쉬자. 숨차서 맥주 맛까지 떨어지겠다."

따슝은 마이크를 엉덩이 뒤에 숨기고 맥주잔을 들어 올리며 둘에게 말했다.

"아 참, 그 얘기 해라. 여기는 자유 민주주의 국가니까."

하오위엔은 기진해서 소파에 축 늘어져 있는데, 황이 따슝에게 말했다.

"황 형이 민주 활동가 비자를 받았거든. 그래서 실은, 축하하려고……."

따슝이 잔을 높이 들어 올리고는 하오위엔에게 말했다.

"뭐라고?"

하오위엔이 소파에서 벌떡 일어섰다.

"어제, 입국 관리국에 가서 받아 왔다. 이제 일단은 안심이야. 나 옛날부터 공부는 꽝이었거든. 그런데 서른 이 나이가 되도록 학생 비자로 초등학생처럼 아이우에오나 배우고, 힘들었어."

황은 우쭐한 표정으로 가방에서 여권을 꺼내, 비자 스탬프가 찍혀 있는 페이지를 펼쳐서 하오위엔에게 보여 주었다.

"그럼 이제 친목회에는 안 나오겠다는 얘기야?"

비자를 확인한 하오위엔이 우려에 찬 목소리로 물었다.

"설마, 그럴 리가. 내가 그렇게 박정한 사나이로 보이나? 나서서 일하지는 못해도 친목회에는 나올 거야."

황은 또 히죽, 생긴 것에 어울리지 않는 천진한 미소를 지었다.

곡고화과(曲高和寡)라더니, 뜻이 너무 높아 이해하는 사람이 적은 것인가? 민주 동지회의 현황에 그저 망연할 뿐인 하오위엔은 미국에서 간간이 날아오는 장베이쑹의 편지를 읽는 것이 유일한 낙이었다. 장베이쑹의 힘에 넘치는 글귀에서 미국 민주 동지회의 적극적인 활동 상황을 살필 수 있었다. 주말에 장 선생의 집 난롯가에 모여 담소하는 자오 아무개, 첸 아무개, 쑨 아무개, 리 아무개……. 편지에 늘 등장하는 민주 활동가들의 이름을 보면 옛 친구를 만난 것처럼 가슴속에서 따스한 온기가 피어오르고, 자신 역시 난롯가에 앉아 있는 느낌이 들었다. 한 손에 맥주잔을 든 채 모두들 침을 튀기며 열변을 토하는 상상을 하면, 앞날의 멋진 중국의 윤곽이 그려졌다. 위대한 자유 민주주의 국가 미국, 미국으로 피신한 중국의 민주 활동가는 그 자질까지 일본에 있는 중국인과는 하늘과 땅 차이인 듯 여겨졌다. 하오위엔은 소맷자락으로 입가에

흐른 침을 닦았다.

명확하지는 않아도 잉루의 소식도 들려왔다. 잉루인 듯한 인물이 바로 얼마 전에 미국 서부의 모 대학에 다녔던 것 같은데, 프랑스 사람과 결혼해서 프랑스로 건너갔다고 한다. 반면 깐 교수는 미국에는 없는 듯해서, 장 선생은 민주 동지회 구주 지국에 행방을 알아 달라고 부탁했다고 했다.

즈창에게서도 간혹 편지가 왔다. 즈창은 민주에 관해서는 전혀 언급하지 않는 대신 근황을 알려 주었다. 전에 셔츠에 글자를 찍어 주었던 공방 같은 것을 하고 싶어, 요즘 아르바이트를 하는 틈틈이 아트 스쿨에서 디자인 공부를 하고 있는데, 참고가 될 만한 자료를 일본에서 찾아봐 달라는 내용도 씌어 있었다.

하오위엔은 당장에 책방으로 달려가, 디자인과 사진 잡지를 몇 권 사서 보내 주었다. 재기하기 위해 애쓰는 즈창에게 충격이 될까 봐 잉루에 대한 소식은 가슴속에만 묻어 두었다.

우메가 둘째를 임신했다. 소규모 여행사에서 항공권을 파는 일을 하는 우메는 마침 성수기라 입덧이 심한데도 쉴 수 없었다. 하루가 다르게 초췌해지는 우메를 보면서 하오위엔은 그저 마음만 아플 뿐 달리 할 수 있는 일이 없어 안타까웠지만 어쩔 도리가 없었다.

“차라리 일을 그만두지?”

“그만두라고? 이 여행사는 기본 급료 외에는 수당제라서 바쁘게 일할수록 돈을 많이 받는데 어떻게 그만둬? 앞으로 돈이 더 많이 들어갈 텐데, 일할 수 있을 때 열심히 벌어야지.”

“내가 있는데, 왜 그런 생각까지 해.”

하오위엔은 울상을 지으며 말했다.

우메는 아무 대꾸도 하지 않은 채 힘없이 빙그레 웃기만 했다.

그 웃음에서 하오위엔은 우메가 말로 하지 못하는 어떤 의미를 읽었다. 일본말조차 제대로 못하는 중국 사람이 가족을 부양하기에 충분한 돈을 어떻게 벌 수 있을 것인지, 굳이 말하지 않아도 하오위엔은 자각하고 있었다. 그래서 집에 있을 때나마 쉬게 하려고 하오위엔은 우메 대신 죽을 끓이고 반찬을 만들어, 두 살짜리 사쿠라의 손을 잡고 우메의 부모와 따승이 사는 아파트로 향했다.

“아빠, 오늘 내가 좋아하는 만두가 나와서 나, 다 먹었어.”

사쿠라는 깡충거리듯 걸어가며 보육원 생활을 얘기했다. 자신도 모르는 새에 딸이 이렇게 말수가 많아졌다. 게다가 자신보다 더 유창한 일본말이다.

“그래요? 만두가 맛있어요?”

하오위엔은 서툰 일본말로 대꾸했다.

"응, 맛있었어. 그래도 아빠가 만들어 준 만두가 더 맛있어."

"일요일, 아빠, 만두 만들까요?"

바르지 않은 일본말인데도 사쿠라는 금방 이해했다.

"와! 나, 아빠랑 만두 먹고 싶어."

사쿠라는 신이 나서 조잘거렸다.

우리 딸 사쿠라는 일본 사람이 되는 것인가, 하고 곤혹스러워하면서 희미한 빛이 새어 나오는 따숭의 방 창문을 올려다보았다.

"사쿠라 왔어!"

사쿠라는 현관에 들어서자마자 신발을 벗어 던지고 방으로 뛰어갔다. 어제 할아버지와 할머니가 사 준 우유 마시는 인형을 갖고 놀고 싶은 것이다.

"아이고, 우리 사쿠라 왔니."

안에서 할머니가 중국말로 사쿠라를 불렀다. 쉰여덟 살인 할머니가 일본으로 건너온 것은 마흔다섯 살 때였다. 말조차 통하지 않는 모국에서 자식 둘을 키우기 위해 일해 온 할머니는 13년이 지난 지금도 일본말을 못하는 채 아르바이트를 하고 있다.

"라면 먹으련?"

따슝이 사쿠라에게 상냥하게 물었다.

"라면이라고? 이왕 끓이는 거, 란저우 식으로."

라면이란 말에 하오위엔은 고향에서 가까운 란저우 라면을 떠올렸다.

"향수병이로군. 좋아."

"만들 줄이나 아는 거야? 맛없으면 안 먹을 거니까."

밥은 늘 장모가 차려 주기 때문에 하오위엔은 따슝의 솜씨를 의심했다.

"걱정 마쇼. 이 몸이 가게를 차리려고 솜씨를 발휘해 보려는 거니까."

"뭐, 가게? 라면집을 차리려는 거야?"

"응, 황 형이 음식점을 같이 해 보자고 해서. 나나 황 형이나 홀몸이잖아. 자네에게도 같이 하자고 할까 하다가, 우메와 사쿠라도 있는 데다 하나가 또 태어나잖아. 만에 하나 장사가 잘 안 되면 그것도 곤란하겠다 싶어서."

따슝은 미안하다는 표정으로 말했다.

"괜찮아. 난 라면 같은 거 못 끓이니까, 같이 해 봐야 방해만 될 텐데, 뭐."

하오위엔은 따슝 바로 옆에 서서 목을 쭉 빼고 따슝의 손놀림을 지켜보았다.

"장사가 궤도에 오르면 그때 같이 해. 가족을 먹여 살려야 하는데, 언제까지 아르바이트만 할 수는 없잖아."

따슝은 그렇게 말하고는 리드미컬하게 칼을 놀렸다.

"일본말을 못해서 내내 고민이 많았는데, 요즘 중국어 인쇄물이 많아졌어. 오늘 과장이 그러는데, 중국어 타자나 레이아웃 같은 것을 할 줄 알면 정직원이 될 수 있대. 그래서 컴퓨터를 하나 사서 공부해 볼까 생각하는데."

"정말? 그거 좋은 생각인데. 그럼 컴퓨터를 사야지. 돈은 있어?"

따슝이 칼질을 멈추고 반기는 목소리로 물었다.

"컴퓨터 살 정도의 돈이야 있지. 연습용이니까 싸구려 중고라도 충분할 테고."

"일하기 위해서 사는 건데 그렇게 짜게 굴면 안 되지. 내가 돈 빌려 줄 테니까 새걸로 사. 그리고 월급 오르면 그때 갚으면 되잖아."

"그게 좋겠구나. 그렇게 해서 열심히 해 봐."

안쪽에서 장모의 목소리가 들렸다.

돌아보니 장모와 놀고 있는 사쿠라의 조그만 등이 보였다. 자신은 가족을 부양해야 하는 책임이 있다. 하오위엔은 가슴에 고인 숨을 길게 내쉬고는, 사방에 떠다니는 라면 냄새를 맡으면서 두 손에 힘을 주었다.

따슝과 황은 반년 동안의 준비 기간을 거쳐 집세가 싼 닛포리 근처 상점가 한 모퉁이에 가게를 내고 황슝 만두집이라는 간판을 내걸었다. 그리고 일주일 후에 우메는 사내아이를 낳았다. 몸을 풀기 전, 의사는 태어날 아이가 사내아이라고 가르쳐 주었다. 하오위엔은 아버지에게 이름을 지어 달라는 편지를 보냈다. 손자가 태어나기를 손꼽아 기다리던 아버지는 곧바로 답장을 보내 주었다. 누런 황토색 봉투 안에 같은 색 까끌까끌한 편지지가 들어 있었다. 하오위엔은 떨리는 손으로 조심조심 편지지를 꺼냈다. 서먹하면서도 그리운 황토 냄새가 사방으로 풍기는 듯했다.

위엔아, 잘 지내고 있느냐? 너의 편지를 받고 우리는 둘째 손자의 탄생을 얼마나 기다리는지 모른다. 이름은 고심한 끝에 국부 쑨원의 삼민주의 가운데 '민생(民生)'에서 따오면 어떨까 하고 생각했다. 민이식위천(民以食爲天. 백성은 먹는 것을 하늘로 여긴다)이란 어른들의 생각이 갓난아이에게는 부담이 될지도 모르겠으나, 우리는 그저 태어날 아이가 건강하게 자라 주기만을 바란다. 하오우잉 내

외는 여전히 학교 일에만 열심이라 아이를 가지려면 아직 먼 듯싶구나. 하오싱은 지난여름에 대학 시절부터 사귀던 사람과 결혼했다. 회사도 베이징으로 옮길 것이라고 하는구나.

추신 : 어제 이 누옥에 전화를 놓았다. 번호를 알려 주마. 이제 손자들의 목소리를 들을 수 있게 되었으니, 즐거움도 하나 늘었다. 세상이 많이 좋아졌다 싶어 감회가…….

'민생'이라. 하오위엔의 눈앞에 아버지의 얼굴이 어른거렸다. 온화한 표정에서 지금껏 본 적 없는 무언가가 언뜻언뜻 비쳐, 마치 먼 미국 땅 장베이쑹의 집 난로에서 타오르는 불길이 어른거리는 듯했다. 그 속을 헤아릴 수 없는 아버지. 하오위엔이 중학생 때, 아버지는 우파라는 누명을 벗고 명예를 회복했지만 도시로 돌아가지 않고 시골을 고집했다. 지금이 되어서야 그런 아버지를 너무도 모르고 살았다는 것을 깨달았다.

1996년 3월. 하오위엔은 민생이라는 한자에 '다미오'란 일본 이름을 붙이고, 길일을 택해 구청에 가서 출생 신고를 했다. 일본에 온 지 꼭 4년이 되던 때였다.

9

과장의 소개로, 아키하바라에 있는 중고 전자 제품 전문점에서 중국어 소프트웨어까지 끼워 매킨토시를 구입한 하오위엔은 죽어라 공부에 매달렸다. 아이들이 잠든 후에, 어려운 설명서를 참고하고 때로는 육아에 지친 우메에게 도움을 청하면서 글자를 입력하는 방법부터 터득하고 그래픽의 기본을 배우는 데에 반년이 걸렸다. 그리고 그렇게 열심히 공부한 성과가 서서히 일에도 반영되는 단계에 이르렀다. 전에는 인쇄 공장에서 하루 종일 시끄러운 기계 소리에 시달리며 일했는데 지금은 오후에만 그런 일을 한다.

아침에 출근하면 우선 컴퓨터실에 들어가 점심때까지 중국어 입력 작업을 한다. 양이 많을 때에는 오후 세 시가 넘기도 한다. 눈으로 글자를 좇다 보면 일본에 사는 중국인에 관한 것뿐만 아니라 중국 국내의 뉴스와 전 세계에 흩어져 있는 중국인의 동향도 알 수 있었다. 하오위엔은 하루빨리 컴퓨터실에서만 일할 수 있기를 고대하며 컴퓨터 작업에 열과 성을 다

했다.

집으로 돌아와 저녁을 먹고 나면 다시 컴퓨터 앞에 앉아 엉덩이를 접착제로 붙여 놓기라도 한 것처럼 몰두했다. 장베이쑹과 간간이 주고받던 편지도 이메일로 바꿨다. 매일 대화하듯 이메일을 주고받게 되자 편지를 쓸 때마다 몸이 굳어지던 긴장감이 사라지면서 마치 친구처럼 농담까지 하는 사이로 발전했다.

어이, 수고가 많군! 이제 모두들 모일 시간이야. 요즘은 우리 활동의 방향성 때문에 격렬한 토론을 벌이고 있지. 입씨름도 다반사라 골치가 아프이. 일당 독재 정권은 전략을 바꿔서 반혁명 분자라는 죄명을 쓴 우리를 이견인사(異見人士)라는 존칭으로 부르고, 국내에서 활동하는 사람들까지 점차 해외로 추방하고 있어. 우리가 미국에서 아무리 목청을 돋우어 봐야 모기가 앵앵거리는 소리에 지나지 않아. 국내에는 전혀 알려지지 않으니까…….

모니터에서 반짝거리는 글자가 흥분한 목소리로 말하는 장베이쑹의 까끌까끌하게 수염 돋은 턱으로 보였다. 하오위엔은 매일 오후만 되면 어떻게 해야 국외에서 활동하는 사람들의 소식이 국내에 알려질 수 있을지, 인쇄 공장의 소음 속에서 그 과제로 고민하게 되었다.

즈챵이 움직여 준다면, 돈벌이를 위해 친두에 나와 있는 농민공들의 민주 의식을 한 단계 높일 수 있을 텐데. 하지만 그런 기대와는 달리 즈챵의 편지는 어쩌다 한 번씩 날아올 뿐이었다. 그렇다고 포기할 수 없는 하오위엔은 초조한 마음에 오랜만에 즈챵이 준 티셔츠를 꺼내 놓고, 'I love You!'라 쓰인 파란 글자를 쳐다보면서 또 편지를 썼다.

이번에는 답장이 의외로 빨리 왔다. 가게를 낸 지 1년이 지난 '이랑(二狼) 공방'이 드디어 수익을 올리고 있다는 기쁜 소식이었다. 이랑이라는 두 글자가 새겨진 티셔츠를 보낼 테니까 기다리라는 글귀에 1989년 이후 처음으로 즈챵의 밝은 모습이 어른거렸다.

민주 동지회 일본 지국 친목회의 참석자 수가 끝내 한 자릿수로 줄어들었다. 황슝 만두집의 병풍으로 칸을 나눈 안쪽 방에 원탁을 둘러싸고 앉아 만두를 먹으면서 쌓인 불평을 털어놓는 것이 친목회의 골자가 되고 말았다.

만두 국물, 침, 사람에 따라서는 콧물까지 흘리며 조국의 정치에 대한 불만, 하는 일에 대한 불평, 살고 있는 목조 아파트에 대한 투정, 아이들이 다니는 학교에 대한 혹평을 늘어놓다가 집에서 뒹굴거리며 텔레비전만 보는 아내에 대한 비난으로 끝이 났다. 배 속에 온통 불만밖에 들어 있지 않아, 만두를 먹으려면 우선 그 불만을 털어놓아야지 안 그러면 폭발할지도 모른다는 식이었다. 모두들 국운을 대전제로, 가정운을 소전제로 하고서 개인은 박해받을 운명 외에 선택의 여지가 없다는 듯이 비극의 주인공을 연출했다.

위대한 자유 민주의 나라 미국에서 태어났다면, 아니 백 보 양보해서 1989년 후 망명지를 미국으로 선택했다면, 백 보 더 양보해서 세계의 거의 모든 나라를 비자 없이 여행할 수 있는 일본 국적이라도 갖고 있다면, 하면서.

"하오위엔, 자네가 부럽군. 아내가 일본 사람이니 비자 걱정이 없잖아."

"그럼. 우리 마누라가 일본 사람이었으면, 난 벌써 미국에 갔을 거야."

"그건 그렇지가 않지. 미국에 갈 수 있는 사람은 마누라뿐이지. 하오위엔은 국적이 중국이니 어림도 없지."

"그래도 우리들과 달라서, 배우자가 일본 사람이니까 국적을 바꾸려고 마음먹으면 쉽게 바꿀 수 있잖아. 그런데 자네는 왜 안 바꾸나?"

"아무렴. 따슝과 같은 성을 써서 구리타 하오위엔이라고 하면 비자는 말할 것도 없고, 월급도 많이 줄 텐데."

그들이 주고받는 말에 하오위엔은 아무 대꾸도 하지 않았다. 일본을 좋아하고, 중국 국적에 별다른 미련이 있는 것은 아니었지만.

"저리 좀 비켜. 이 테이블에서만 이상한 냄새가 풍풍 풍기는군. 불평 말고는 할 얘기가 없는 건가?"

만두가 담긴 커다란 접시를 들고 온 황이 하오위엔의 등을 퍽 치면서 큰 소리로 말했다.

"이상한 냄새라고? 어디 어디, 맛있는 만두 냄새밖에 안 나는데."

웃음소리가 일고, 다시 화기애애한 분위기가 살아났다.

"다들 불평쟁이들 아닌가 말이야. 그렇게 나라가 어떻다느니 뭐가 어떻다느니 불평할 틈이 있으면, 자기들 생각이나 하라고."

"나라가 잘되어야 자기 생각을 하지. 우리는 나라 덕에 태어났으니, 죽을 때도 나라를 위해 죽어야지. 안 그래?"

"그럼 그럼. 우리는 애국자라고. 선천하지우이우 후천하지락이락(先天下之憂而憂 後天下之樂而樂. 천하를 위한 근심을 먼저 하고 즐거움은 나중으로 한다)이야말로 우리의 신조지."

"무슨 바보 같은 소리. 그건 애국도 아니고 아무것도 아니야, 그저 미신이지. 입만 뻥긋했다 하면 이념이다 뭐다 거창한 소리만 한다니까."

그렇게 호된 말을 하면서도 황은 절대 미소를 잃지 않는다.

"장사치라도 되라는 말인가. 난 만두집은 절대 못해."

"자네야 먹는 것 말고는 재주가 없잖아."

"혁명가는 고독한 법이야. 마르크스도 평생 가난하게 살았잖아."

"부자인 엥겔스의 후원을 받은 덕에 『자본론』을 쓸 수 있었지. 우리도 엥겔스 같은 후원자가 있으면 좋겠어. 마누라까지 거추장스러워하는 신세니, 원."

"자네들은 오늘 여기서 먹고 싶은 만큼 실컷 먹고, 떠들고 싶은 만큼 실컷 떠들어. 그런 다음에는 정신 똑바로 차려서 마누라가 도망가지 않게 해. 재주 없다고 투덜거리지만 말고 리더인 위엔리를 좀 본받으라고."

황은 빈 접시를 치우면서 모두의 얼굴을 외면한 채 중얼거렸다.

"위엔리, 그 기회주의자를? 돈이야 벌 수 있을지 모르겠지만, 그렇게 되고 싶은 마음은 없어."

"또 그런 소리. 내 생각에 위엔리는 기회주의자가 아니라 어엿한 사업가야. 세상을 비난해 봐야 아무도 돌아보지 않는다고. 자신이 먹고사는 것 정도는 자신이 책임져야지."

황이 천진한 미소 속에 처음으로 심각한 표정을 드러냈다. 말없이 듣고만 있던 하오위엔은 그 표정을 보자 갑자기 가슴이 무거워져 자신도 모르게 긴 한숨을 내쉬었다.

혁명가는 고독하다. 황슝 만두집에서 만두를 먹은 그날 이후 때로 고독이 하오위엔을 짓눌렀다. 그 고독을 달래기 위해서인지 장베이쑹과 빈번하게 이메일을 주고받았다. 낡은 컴퓨터에서 세월과 함께 짜증도 묻어났다. 인터넷의 속도가 느리디느린 거북만 같아, 언제 미국에 도착하는지 모니터를 볼 때마다 답답할 뿐이었다. 날아온 이메일의 글자가 깨져 있기라도 하면 주먹으로 컴퓨터를 치고 싶을 만큼 분노를 느꼈다. 그러다 다행히 글자가 전환되면 분노는 말끔히 사라지고 일그러졌던 얼굴도 풀렸다.

간 교수와 연락이 닿았네. 프랑스의 모 대학에 연구원으로 있는 모양이야. 자네의 주소를 가르쳐 주었으니 조만간 연락이 있을 거야. 기대하라고.

하오위엔은 의자에서 벌떡 일어나 이부자리로 가서 우메를 깨웠다.

"여보, 교수의 소식을 알았어."

우메는 잠이 덜 깬 눈을 비비며 당혹스러운 표정을 지었다.

"거, 왜, 있잖아, 내, 내가 늘 말하던, 깐 교수 말이야."

흥분한 나머지 하오위엔이 말을 더듬었다.

"아, 그 깐 교수."

"프랑스의 어느 대학에서 연구원으로 있대."

"잘됐네."

우메가 그제야 눈을 반짝 뜨고서 미소 지었다.

1997년 7월 1일, 홍콩은 155년 만에 중국에 반환되었다. 하오위엔은 오늘, 컴퓨터가 아니라 텔레비전 화면을 뚫어져라 쳐다보고 있다. 화면 속에서 기뻐 날뛰는 세계 각지의 동포를 보면서 하오위엔도 덩달아 코가 찡하고 눈시울이 뜨거워졌다. 기쁜 것일까? 홍콩의 반환을 반대하기 위해 서명 운동까지 펼쳤는데.

다음 날 아침, 발걸음도 기분도 유난히 가벼웠다. 회사의 컴퓨터실에 들어서니, 자신의 책상에 평소의 두 배나 되는 원고가 쌓여 있었다. 콧노래를 흥얼거리면서 의자에 앉아 쌓인 순서대로 작업을 시작했다. 금방 점심때가 되었다. 온통 홍콩 반환에 관한 내용이라 평소보다 일도 즐겁게 느껴졌다. 점심을 먹기 전에 한 꼭지만 더 하려고 그다음 원고를 보니 '재일 중국인 축 홍콩 반환'이란 제목의 사진 달린 기사였다.

익숙한 놀림으로 키보드를 두드리던 하오위엔의 손이 갑자기 움직임을 멈췄다. '인사하는 신 화교 사업가 대표 위엔리'라는 글자가 눈에 들어왔기 때문이었다. 살집이 올라 가부키 배우처럼 가냘프던 얼굴 윤곽이 사라진 대신 뻔뻔스러움이 증식하고, 머리는 정수리까지 벗어져 번들거리고, 희끗희끗한 귀밑머리는 귀 옆으로 딱 밀어붙인 위엔리. 101을 사용하지 않았는지 사용했는데도 효과가 없었는지, 오래전부터 아는 하오위엔으로서는 도대체 납득하기 어려운 사진이었다.

방금 전까지 팔팔하던 하오위엔이 위엔리의 사진에 충격을 받아 순식간에 데친 배추 꼴이 되고 말았다. 긴 오후를 간신히 버티고는 무거운 다리를 질질 끌면서 집으로 돌아갔다. 자신을 기다리던 우메와 두 아이의 얼굴을 보니 하오위엔은 배 속에 가득 찬 감정을 뭐라고 뱉어 낼 수가 없었다. 그저 혁명가의 쓸쓸한 고독을 스스로 위로하고 소화시키는 도리밖에 없었다.

아무 생각 없이 배를 채우듯 밥을 먹었다. 그리고 무심결에 전화기를 손에 쥐고 고향 집의 번호를 눌렀다. 왠지 아버지의 목소리가 듣고 싶어진 것이다.

"오오, 잘 있느냐? 그래, 아이들은?"

아버지의 목소리가 평소보다 좀 높게 들렸다.

"네."

하오위엔은 퍼석거리는 무처럼 맥 빠진 목소리로 대답했다.

"왜, 무슨 일 있냐?"

아버지가 걱정스러운 목소리로 물었다.

"아니, 아니요."

속이 답답하고 목은 메는데, 아니라면서 고개를 젓는 하오위엔의 숨소리가 거칠어졌다.

"양러우파오모 생각이 나는 모양이로구나. 먹고 싶으면 언제든 와."

"네."

거친 숨이 끝내 오열로 터져 나오고 말았다.

"아이가 둘이나 있는 아버지가 되었으니, 고생이 끊이지 않겠지. 자식들을 배불리 먹이는 것도 쉬운 일이 아니니까. 그래서들 열심히 일하는 거 아니겠냐. 어느 집이나, 어느 나라나 다 마찬가지다. 한번 왔다 가면 어떻겠니? 아비 어미에게도 손자 손녀 얼굴 좀 보여 주려무나. 양러우파오모 만들어 놓고 기다리고 있으마."

“아버지.”

수화기를 들고 있는 하오위엔의 손이 부들부들 떨렸다. 그리고 꾹 참고 있던 눈물이 커다란 소리와 함께 터져 나왔다. 갖고 싶은 장난감을 사 주지 않는다고 떼를 쓰고 울 때의 다미오 표정과 그리 다르지 않았다.

“오냐 오냐. 울지 마라. 아버지도 젊었을 때는 많이 울었다. 밤중에 이불을 뒤집어쓰고 늑대가 울부짖듯이 울고서 후련해지면, 다음 날 아침 해가 정말 아름답게 보였어.”

하오위엔의 울음소리가 점차 잦아들면서 마지막에는 웃음으로 변했다. 가슴에 꽉 막혀 있던 것이 빠져나가는 후련함을 느꼈다.

“이제, 후련합니다.”

“내일 일어나거든, 아침 해를 보거라. 무지개가 보일지도 모르지.”

“네, 그러겠습니다.”

하오위엔은 눈물에 젖은 얼굴을 소맷부리로 열심히 닦았다.

다음 날 아침, 하오위엔은 정말 일찍 일어나 사쿠라를 데리고 아파트 뒤 주차장에 있는, 가슴 높이 울타리에 걸터앉아 다리를 덜렁거리며 아침 해를 기다렸다. 목을 쭉 빼고서 동쪽 하늘을 바라보며. 거인 같은 고층 빌딩군은 희미한 어둠에 싸여 아직도 잠자고 있고, 자전거 탄 신문 배달원은 차르륵차르륵 소리를 내며 지나갔다.

얼마나 시간이 흘렀을까. 해님이 나른한 표정으로 기지개를 켜고 고층 빌딩 사이로 숨을 들이쉬면서 자신의 존재를 온 세상 구석구석에 비추기 시작했다. 그리고 마침내 하오위엔과 사쿠라의 머리칼에서 얼굴, 몸으로 그 빛을 비추면서 길 건너 회색 빌딩의 지붕 위로 얼굴의 사분의 일을 내밀었다. 회색 건물은 눈부신 은빛을 뿌리고, 그 눈부신 은빛은 눈 깜짝할 사이에 7월의 작열하는 빛으로 변해 갔다. 아버지 말대로 정말 멋졌다. 1989년 그 초여름의 아침, 황투 고원을 달리는 열차 안에서 보았던 아침 해와는 조금 다른 정경이었다.

수심에 가득한 새벽녘의 색
여름날의 아침 해에 부서지고
때를 가르는 회색 빌딩군
그 너머에는
황투 고원에 눈부시게 빛나던 금색
아침 해 속을 달리는 그 열차를 녹인 피
마치 고난이 흐르는 황허와 같아라

퇴근 전철 속에서 하오위엔은 뜨거운 가슴에 떠오른 시를 몇 번이나 되뇌었다. 집으로 돌아가자마자 요즘 연락이 닿은 깐 교수에게 메일을 보냈다.

잠자리에 들기 전에 깐 교수로부터 답 메일이 왔다.

하오위엔, 자네의 시를 읽고서 옛날 생각이 났다네. 눈물이 흘러 견딜 수가 없더군. 처자식과 헤어져 이국땅에서 망명 생활을 한 지 8년, 프랑스 말을 모르는 채 대학의 한 직에 몸담고 있는 한심한 거렁뱅이 문화인으로 추락하고 말았네. 시를 짓고 싶지만, 고향을 잃고 지원금과 기부금으로 연명하는 시인에게는 영감도 아무것도 떠오르지 않는군. 89를 재조명하다가, 다른 각도에서 89를 다시 한 번 돌아보고 싶어 다음 달부터 89의 영향으로 민주화를 이룬 동구 여러 나라를 돌아보려 하네.

하오위엔은 두 손으로 턱을 받친 채, 화면에서 눈을 뗄 수 없었다.

10

1999년 연말 휴가 때, 하오위엔은 초등학생이 된 사쿠라와 세 살배기 다미오를 데리고 우메가 점장으로 일하는 황숭 만두집의 3호점을 찾았다.

만두집은 중국 본고장의 맛이 호평을 얻어 날로 번성했고, 작년에는 3호점까지 냈다. 하오위엔에게도 같이 일하자는 권유가 있었지만, 인쇄 공장에서 정식 사원으로 채용된 데다 하루 종일 일해도 컴퓨터 작업이 재미있어 그만둘 수가 없었다. 그래서 대신 우메가 3호점을 맡았다.

"이거, 아무래도 힘들겠어."

우메가 계산대 옆에 놓여 있던 중국의 올림픽 개최에 반대하는 서명 용지를 하오위엔에게 쑥 내밀며 말했다.

"해 보기는 한 거야?"

하오위엔은 의심스럽다는 눈빛으로 우메를 쳐다보았다.

"당연하지, 나나 우메나."

주방에서 따숭이 말했다.

“해 봤는데, 손님들이 이게 뭐냐는 식으로 기분 나빠 하더라고. 계속했다가는 손님에게 폐가 될 것 같아.”

“이 정도도 안 되는 건가.”

하오위엔이 실망한 목소리로 중얼거렸다.

“민주화다 뭐다 떠드는 시대가 아니잖아, 이미. 나도 중국이 올림픽 개최하는 거 지지한단 말이야. 사실 당신도 속으로는 그런 거 아냐?”

하오위엔은 입을 다물었다. 자신도 알 수 없었다. 며칠 전에 인쇄 공장의 과장에게 서명을 부탁했더니, 과장은 심각한 표정을 지으며 이름을 써 주었다.

“아직도 이런 걸 하고 있나. 하기야 옛날에는 일본에도 이런 일이 있었지, 학생 운동 말이야. 그 당시 주동자들, 북조선과 아랍 같은 나라에 가서 게릴라전을 펼치고 있다는 소문이던데. 민주화라는 거, 오늘 외친다고 내일 가능한 일이 아니잖아. 중국에도 언젠가는 그런 날이 올 거야. 지금처럼 경제가 순조롭게 발전하면 말이야.”

평소 머리에만 신경을 쓰는 과장치고는 꽤 진지한 얘기라, 여러 가지로 생각되는 바가 있었다.

문득 전에 즈창이 보내 준 티셔츠가 떠올랐다. 두 마리 늑대여야 하는데, 펼쳐 보니 그것은 장난기가 가득한 귀여운 눈으로 이쪽을 바라보고 있는 두 마리 말티즈였다. 즈창이 착각을 한 건가 싶어서 '늑대가 강아지로 둔갑했더군.' 하고 메일을 보냈더니, '늑대가 성장한 모습이다. 지금 친두에서도 시장 경제가 지배적이라, 애교 있는 캐릭터가 잘 팔려. 고고하지만 비현실적인 늑대는 내 가슴 깊은 곳에 간직하기로 했다.'는 답장이 왔다.

'I love You!' 티셔츠를 꺼냈다가는 다시 집어넣고, 또 꺼내서 오래도록 바라본다. 붉은 중국 지도와 바다색 파란 글자. 잠 못 이루는 밤이 늘어만 갔다. 옆에서는 잠든 아이들이 쌔근거리는 숨소리가 들리는데, 1993년 가을밤, 베이징이 2000년 올림픽 개최지 투표에서 시드니에 패했다는 뉴스가 흐르는 텔레비전에서 눈물을 삼키며 분해하던 동포들의 얼굴이 몇 번이나 뇌리를 스쳤다. 그때 자신은, 잘된 일이라고 생각하면서 정말 기뻐했을까? 그리고 지금의 정권을 지지하기 때문에 서명하지 않은 것이라면, 지금까지 자신이 해 온 일은 대체 뭐였을까?

그런 생각으로 아픈 머리를 두 손으로 감싸 쥐고서 슬며시 일어나 바로 얼마 전에 구입한 윈도 2000을 켰다. 거북의 속도가 일거에 토끼로 진화했다. 모순된 마음을 실은 메일이 금방 장베이쑹에게 날아갔다. 분홍색 책갈피 모양 아이콘이 반짝거렸다. 장베이쑹에게서 답장이 온 것이다.

미안하군. 지금 머리가 혼란스러워 뭐라 말을 할 수가 없네. 나는 독재 가장이 되고 말았어. 반항하는 딸을 말리려다 그만 팔을 다치게 하고 말았네. 덕분에 학교에 격리되어 있어.
"아무것도 하지 않고 술만 마시면서 중국 험담만 하는 아빠야말로 독재자야, 이 세상에서 가장 나쁜 사람이야."
사람들 앞에서 딸에게 그런 소리를 듣고 충격을 받은 아빠의 기분을 자네, 이해할 수 있겠는가? 아동을 학대하는 중국인 독재 가장이 된 기분을, 자네는 알 수 있겠나?

턱을 격렬하게 떨면서 외치는 장베이쑹의 모습이 눈앞에 떠올랐다. 딱히 위로할 말이 생각나지 않아, 그냥 잠자리에 들었다. 지구 반대쪽에 있는 장 선생의 고뇌를 모르는 우메와 사쿠라와 다미오는 리드미컬하게 코를 골면서 새근새근 잘 자고 있었다.

2000년 9월, 디자이너 즈창이 제휴한 일본 기업의 초대를 받아 도쿄를 찾았다. 일주일을 머물렀지만, 귀국하기 전날 오후에야 겨우 하오위엔을 만날 수 있었다. 우메가 점장으로 있는 황슝 만두집에서 하오위엔 일가 모두가 즈챵을 맞았다. 단단한 체구는 예전과 변함없는데 피부색이 다소 하얘지고 두 눈에 빛나던 야성도 누그러들어, 온화한 어른이 되어 있었다. 색이 짙은 청바지는 허벅지에서 무릎까지 군데군데 찢겨 있고 허연 실밥이 밖으로 드러나 있었다. 검은색 재킷은 꽤 오래 입은 것인지 몸에 부드럽게 휘감겼다. 그 안에는 바다색 티셔츠를 입고 있었다.

"내 둘도 없는 친구 즈챵이야."

하오위엔이 쑥스러운 표정으로 즈챵을 소개했다.

"계속 즈랑이라고 들었는데, 상당히 인텔리한 분이네요!"

우메는 평소 품고 있던 이미지와 다른 즈챵에게 농담처럼 그렇게 말을 건네고는, 하오위엔과 즈챵 둘만 테이블에 남겨놓은 채 아이들의 손을 잡고 저쪽으로 갔다.

"그 티셔츠도 네가 디자인한 거냐?"

8년 만의 재회이고 보니, 하고 싶은 말은 목구멍에 잔뜩 걸려 있는데 매끄럽게 나와 주지 않았다.

"음. 이렇다 하게 장식을 넣지 않은 심플한 거야. 내가 이 색을 좋아하잖아."

"그래, 정말 좋은 색이다. 순수한 바다의 파랑이야. 옛날 생각이 나는군."

“맞다. 하오랑, 나중에 우리 노래방에 가자. 일본의 노래방에서 한 번은 노래를 불러 보고 싶었어.”

“좋지. 그런데 아는 노래는 있어?”

“그럼, 있지. 일본말은 몰라도 노래는 네게 지지 않을걸.”

즈챵의 얼굴이 단박에 환해졌다. 수많은 시련을 이겨 내면서 이랑 공방의 운영에 전념하다 서른을 앞둔 작년에 같이 일하는 디자이너와 결혼해서 가정을 꾸렸다. 지금은 시골에서 올라온 동생까지 합세했고, 공방의 규모도 디자이너가 열 명이 넘을 만큼 커졌다.

“그런데 깐 교수는 지금 어떻게 지내셔?”

“얼마 전에 동유럽에서 프랑스로 돌아왔대. 시를 지어 보냈더군. 충격을 많이 받았나 봐. 연말에 귀국하겠다고 하던데. 자, 이거, 읽어 봐.”

하오위엔은 프린트한 깐 교수의 이메일을 즈챵에게 건넸다.

벽 하나를 사이에 두고 동서로 나뉜 베를린

그 벽의 돌이 89년의 봄바람에 날아갔다

하나 10년이 지난 지금, 아직도 남아 있는 아픔

잇따른 분쟁이 언제나 잠잠해지려나

소리 내어 읽는 즈창의 목소리에서 점차 힘이 빠져나갔다.

"서글픈 시로군. 6·4를 잊으려고 줄곧 애써 왔는데. 하지만 지금은 깐 교수를 만나 느긋하게 얘기라도 나누고 싶은 심정이야. 귀국하는 날짜를 알면 내게도 연락해 줘. 마중하러 나갈 테니까."

"판량은 어떻게 지내고 있지?"

"광둥 언저리에서 전전하고 있지 뭐, 돈벌이하느라. 생각대로 잘 되지 않는 모양이야. 리슈는 부모의 연줄로 후난의 어느 정부 기관 간부가 되었고. 작년에 만났는데 투실투실하게 살이 오른 게 관료 냄새가 풀풀 나더라. 그런데 잉루는 어디에 있는지 아직 몰라?"

"프랑스에 있다는 소문인데, 확실한 건 잘 모르겠어."

"깐 교수도 프랑스에 있다니까, 찾을 수 있지 않을까?"

"미련이 있는 거야? 너 혹시 아직도 잉루가 준 티셔츠 갖고 있는 거냐?"

하오위엔은 놀려 줄 심산으로 말했는데, 말해 놓고는 동정심에 눈빛이 흐려졌다.

"미련이라, 조금은 있을지도 모르지. 그 티셔츠는 도저히 버릴 수가 없어. 가끔 꺼내 보기는 하는데, 글쎄, 아무래도 마음에 걸리지. 11년이 지났는데, 요즘 들어 그때가 더 그리워.

내가 너에게 보낸 티셔츠는 갖고 있는 거지?"

"그럼. 네게 편지 쓸 때마다 꺼내 놓고, 이 녀석은 변함없겠지, 하고 생각하면서 쓴다."

하오위엔은 고개를 끄덕이면서 대답했다. 뭔가를 위해 그렇듯 온 마음과 온 힘을 다한 것은 그때가 처음이자 마지막이었기 때문이다. 그것만은 분명했다.

그 행위가 무엇을 위한 것이었는지를 생각하면 몸속에서 서러움이 끓어오르지만……. 둘은 근처에 있는 노래방으로 자리를 옮겼다. 걸음걸이가 왠지 모르게 무겁게 느껴졌다.

오자키의 곡이 흘러나왔다. 즈챵이 순간적으로 얼굴을 일그러뜨리면서 마이크를 고쳐 잡고 조심스레 입을 갖다 대었다. 그리고 마치 눈앞에 잉루가 있어 말을 건네기라도 하는 것처럼, 낮은 목소리로 노래하기 시작했다. 하오위엔은 소파에 몸을 기대고 눈을 감은 채 노래에 빠져들었다. 즈챵의 목소리가 점차 높아지고, 길게 빼는 목소리의 끝이 갈라지면서 비장한 외침으로 변해 갔다. 저 멀리 드넓은 황야에서 울부짖는 늑대의 모습이 연상되었다.

그리고 또 우리 둘은 눈을 감아요
슬픈 노래에

사랑이 식지 않도록

사랑이 식지 않도…….

음악이 끝났는데도 즈챵의 낮은 목소리가 몇 번이나 귓속에서 메아리쳤다. 눈을 뜰 수가 없었다. 잠잠해진 방이 즈챵의 거친 숨소리에 후끈 달아올랐다.

"하오랑, 이거 좀 볼래."

시간이 얼마나 흘렀을까. 즈챵이 주머니에서 수첩을 꺼내는 바람에 정적이 깨졌다. 수첩 안에 CD 재킷에서 뜯어낸 오자키 유타카의 사진이 끼워져 있었다.

"일본의 거래처 사람에게 사다 달라고 부탁했어. 좋지?"

"응. 나도 이 사진이 좋아서 갖고 있어."

하오위엔은 마이크를 잡고 무아지경으로 노래하는 오자키 유타카의 얼굴을 보고는 얼마나 놀랐는지 모른다.

"이 얼굴에서 늑대의 모습이 느껴져. 나의 고독, 이 가슴에 간직한, 배금주의 사회에 사는 사람은 이해하지 못할 늑대의 고독을 듬직하게 지켜 주고 있는 기분이야."

즈챵의 얼굴에 다시금 야성이 되살아났다.

연말이 다가와 얼마 전까지 백화점 입구에서 알록달록하게 반짝이던 크리스마스트리가 푸릇푸릇하고 차분한 소나무 장식으로 바뀌자 거리도 연말연시 분위기로 변했다. 새로운 세기 2001년을 희망차게 맞고자 모든 사람이 축하 거리를 만들기에 여념이 없었다.

인쇄 공장도 연말의 분주함이 대충 일단락되어, 오늘은 대청소를 하고 일찍 끝났다.

돌아가는 길에 하오위엔은 역 앞에 있는 CD점에 들러 깐 교수에게 선물할 오자키 유타카의 CD를 샀다. 내일 12월 30일, 깐 교수는 일본에서 하루를 묵고 다음 날 비행기로 베이징에 돌아간다. 시간을 알려 주었으니까, 지금쯤 즈챵은 열차를 타고 베이징으로 향하고 있을지도 모르겠다.

11년 만에 만나는 것이니 밤을 새워서라도 마음껏 회포를 풀리라 다짐한 하오위엔은 깐 교수가 머물 호텔에 방을 잡았다.

다음 날, 하오위엔은 우메와 아이들을 호텔에 데려다 놓고 일찌감치 나리타 공항으로 갔다. 공항과 바로 이어지는 역 플랫폼 군데군데에 커다란 광고판이 서 있었다. 나리타 공항에 오기는 이번이 두 번째다. 하오위엔은 오른팔을 번쩍 들어 머리를 긁적거리면서 8년 전, 처음 일본 땅을 밟았을 때 본 발모력 광고판을 찾았다. 하지만 없었다. 발모, 육모, 탈

모……, 간판은 수도 없이 많은데, 거품이 튀는 발모력 간판
은 없었다. 머리를 긁적이던 손이 자신의 머리숱이 부쩍 적어
졌음을 느끼고는 흠칫 놀라 움직임을 멈췄다. 이립의 서른 살
도 이미 지났다.

도착 출구 바로 앞에 자리 잡고 마음을 진정시키려고 했지
만, 깐 교수의 얼굴이 눈앞에 아른거리고 손바닥에는 땀이 끈
끈하게 고여 불쾌할 정도였다. 화장실에 가서 씻고 싶은데, 그
사이에 깐 교수가 나와 어긋나면 어쩌랴 싶어 자리를 뜰 수가
없었다.

30분, 한 시간, 한 시간 반……. 시간은 태연하게 자신의 페
이스를 유지하고 있는데 하오위엔의 심장은 점차 빠르게 쿵
쿵거렸다. 때로 안내 방송이 들리지만, 깐 교수가 탄 편명은
아니었다. 하오위엔은 손목에 찬 시계를 보지 않으려고 왼팔
을 등 뒤로 돌렸다.

두 시간이 지나자 파리에서 출발한 비행기가 도착했다는
안내 방송이 들렸다. 하오위엔은 스웨터 자락과 셔츠 깃을
반듯하게 여미고, 가슴을 한껏 펴고 고개를 세웠다. 도착 출
구에서 나오는 사람들의 수가 하나 둘 늘어나고, 주위에서
코맹맹이 프랑스 말이 낭만적으로 울렸다. 드디어, 드디어.
하오위엔의 심장이 오가는 사람들의 발소리만큼이나 어지럽

게 쿵쿵거렸다.

서양 사람, 또 서양 사람, 혼혈인가……, 나오는 사람들의 얼굴을 꼼꼼하게 들여다보며 조급해하는 하오위엔. 아, 닮은 사람이다! 출구에 짙은 남색 두툼한 코트에 포도주색 목도리를 두른 호리호리한 신사가 나타났다. 하오위엔은 흥분해서 떨리는 성대를 진정시키려고 목을 쓰다듬었다.

그런데 그 신사 바로 뒤에 모피 코트를 입고 긴 머리를 구불구불하게 파마한 여자가 서양 아이를 데리고 따라 나오고 있었다. 하오위엔은 실망하고는 다른 얼굴을 찾았다.

"저기, 저기다."

모피 코트를 입은 여자가 이쪽을 가리키며 중국말로 외쳤다.

사방을 둘러보았지만, 주위 사람들은 모두 출구의 뿌연 유리문만 뚫어져라 쳐다보고 있을 뿐 그 여자에게는 아무 반응도 보이지 않았다. 하오위엔은 마음을 가다듬고 다시 출구 쪽으로 시선을 돌렸다.

"하오위엔인가?"

세 사람이 다가왔다. 중국말로 말한 신사가 고개를 갸우뚱하며 하오위엔의 얼굴을 확인했다.

"하오랑, 오랜만이다!"

여자가 장갑을 벗고는 악수하려고 손을 내밀었다.

“당신은?”

하오위엔은 일본식으로 인사하려고 허리를 구부린 채로 고개만 들고는 여자의 얼굴에서 무언가를 읽으려고 애쓰다, 조심조심 손을 내밀었다.

“나, 잉루야.”

여자가 투정을 부리듯 말하고는 하오위엔의 손을 꼭 잡았다.

“잉루? 빠이 잉루인가요? 아, 이거, 너무 많이 변해서……”

하오위엔은 감격한 나머지 두 손으로 잉루의 손을 잡고는 위아래로 크게 흔들었다. 어깨에서 가슴으로 흐르는 잉루의 긴 머리가 모피의 은색 털에 섞여 흔들리는 손과 함께 찰랑거렸다. 길고 까만 속눈썹은 부자연스럽게 위로 말려 올라가 있고, 그 아래 포도 알 같던 눈망울은 다소 색이 흐려 보였다.

“놀라게 해 주려고 일부러 알리지 않았는데, 반가워하니 다행이로군.”

깐 교수도 하오위엔에게 손을 내밀며 말했다.

“교수님, 정말 오랜만입니다.”

하오위엔은 또 두 손으로 깐 교수의 손을 꼭 잡고서 목이 멘 목소리로 말했다.

깐 교수도 하오위엔의 손을 마주 잡고는 목에 둘둘 감은 포도주색 목도리에 얼굴을 묻고서 코를 훌쩍거렸다. 시끌시끌한 공항 로비에서 그 한 곳만 마치 진공이 된 것 같았다. 길게는 10년, 짧게도 10년, 그간의 온갖 것이 눈물에 녹아 흘러내렸다.

일행은 커다란 여행 가방을 끌면서 무거운 걸음으로 우메와 아이들이 기다리는 호텔에 도착했다. 하오위엔은 긴 여행에 피로한 세 사람과 저녁 약속을 하고서, 잠시 쉬라고 하고 우메와 함께 방으로 돌아갔다. 뜻하지 않게 잉루를 다시 만난 기쁨이 가슴속에서 물결치면서 꼬집어 말할 수 없는 무언가를 빚어내고 있었다. 조심스레 이것저것 묻는 우메에게도 뭐라 대답할 마음이 없어 잠이 온다고 둘러대고서 침대에 들어갔다. 그 마음을 헤아렸는지 우메는 아이들을 데리고 호텔 안에 있는 게임 센터로 갔다.

잉루는 망명지 미국에서 대학을 다니며 영문학 공부를 계속하다가 회사에 다니는 프랑스 남자를 사귀게 되었고, 임신한 사실을 알고는 결혼해서 프랑스로 건너갔다. 서양 아이라 여겼던 남자 아이는 리용에서 태어난 아들 당셰였다.

"당셰, 프랑스에 같은 이름의 시인이 있었대. 나는 화가 이름이 좋았는데. 르누아르나 모네 같은 이름 말이야. 이름에 한자도 붙였어. 어떤 한자인지 알아맞혀 볼래?"

전철 속에서 잉루가 아들의 손을 잡고서 자랑스럽게 하오위엔에게 말했다.

"당세, 但丁입니까?"

하오위엔은 진지한 표정으로 자신이 아는 유럽 위인의 이름을 머릿속으로 헤아려 보았다.

"그건 단테지. 그리고 단테는 이탈리아 사람이고."

잉루가 재미나다는 듯 웃었다.

"당씨에, 淡雪이라고 붙였어. 좋은 이름이지? 시 같기도 하고."

잉루는 그렇게 말하고 아들의 오동통한 볼을 살짝 꼬집었다. 아들은 토라진 듯, 동그란 얼굴에 파란 눈으로 잉루의 얼굴을 쳐다보면서 고개를 내저었다.

"당씨에라, 정말 시 같군요. 아이가 중국말을 할 줄 아나요?"

"아니, 전혀. 아는 건 '당씨에' 뿐이야. 하오랑네는?"

"듣기는 하는데, 말하는 건 전혀."

"시간이란 게 참 무섭군. 하는 얘기가 다 아이들 얘기니."

깐 교수가 아쉽고 한탄스럽다는 듯이 말했다. 잉루와 하오위엔은 슬쩍 부끄러워, 하던 얘기를 잠시 멈췄다.

잉루는 4년 전에 이혼하고 어린 당세를 데리고 파리로 거처를 옮겼다. 낮에는 아시아 무역 관계 회사에서 일하고 밤에는 번역 일을 하면서 생활을 꾸려 가다 2년 전에 동유럽에서 돌아온 깐 교수와 우연히 재회, 얼마 후부터 동거를 시작했다.

"다시 만났을 때, 묘할 정도로 깊은 인연이 느껴지더군."

깐 교수는 넌지시 말을 흘렸다. 그 옛날의 가느다란 금테 안경은 굵은 검정테 안경으로 바뀌었고, 렌즈 너머 눈가에는 아버지에 어울리는 자잘한 주름이 져 있었다. 이마 위의 희끗희끗한 머리는 서리 내린 친한 대학 호숫가의 버드나무를 방불케 했다.

밤, 호텔 내에 있는 일본 음식점의 익숙지 않은 다다미방에 마주 앉아 스피커에서 흘러나오는 칠현금 소리를 들으면서 음식이 나오기를 기다렸다. 사쿠라와 나이가 같은 당셰는 말이 통하지 않아도 다미오가 귀여운지 다다미 위에 장난감을 늘어놓고 같이 놀기 시작했다.

"중국말을 몰라서 중국에 데려가기가 걱정스러웠는데 괜한 노파심이었나 보네."

잉루가 새침스럽게 미소를 머금었다. 옛날 모습이 점차 되살아나는 듯했다.

"아이들에게 말이란 게임 같은 거니까, 금방 배울 거예요."

우메가 사이좋게 노는 아이들의 모습을 흐뭇하게 바라보면서 대답했다.

"교수님, 중국에 돌아가면 무슨 계획이라도?"

하오위엔이 깐 교수의 얼굴을 쳐다보고는, 줄곧 목구멍에 걸려 있던 질문을 간신히 토해 냈다.

"어디 시골에나 내려가서 초등학교 선생을 할 생각일세."

깐 교수는 맥주잔을 슬쩍 입에 대었다.

"초등학교 선생요?"

하오위엔은 당황스러웠다.

"음. 자네 아버님을 본받아서 말이야. 오랜 세월을 이념으로만 살았는데, 그래 봐야 일개 학자 아니겠나. 이미 늦었는지 모르겠지만, 조금이라도 사회에 보탬이 될 수 있다면."

깐 교수가 가슴 주머니에서 겹겹이 접은 종이를 꺼내 하오위엔에게 건넸다.

"링링에게서 온 편지네. 벌써 대학생이야. 아내는 과로와 스트레스 때문에 작년에 죽었다는군. 이 편지를 읽은 날부터 나는 두 다리 뻗고 푹 잠든 날이 없었네. 서러워서 말이야."

편지를 살며시 펼치자 다섯 줄밖에 없어도 단정하고 힘찬 글자가 드러났다.

아버지, 어머니는 작년에 숨을 거뒀습니다. 눈가에 맺힌 눈물 한 줄기를 남기고요. 아들이 책임감 있는 아버지 밑에서 자라지 못한 것을 마지막까지 안타까워한 눈물이었다고 생각합니다.

아내도 자식도 돌아보지 않은 그런 인간이 과연 나라를 사랑할 수 있을까요.

이것은 내가 아버지에게 보내는 마지막 편지입니다.

링링

잉루와 우메가 얘기하는 밝은 목소리가 들렸다. 하오위엔은 떨리는 손으로 편지를 다시 접어 깐 교수 앞에 내밀고는 눈에서 넘쳐흐르는 것을 감추려 고개를 숙였다. 엄마와 함께 먹을 것을 잔뜩 담은 비닐 봉투를 들고서 친두 시정부 앞 광장을 찾았던 어린 링링의 서글서글한 눈이 어른거렸다.

베이징으로 향하는 비행기 시간이 시시각각 다가오고 있다. 공항 로비의 의자에 앉아 즐겁게 노는 아이들의 모습을 보는 모두가 아쉬운 기분이었다. 잉루는 부드럽게 울리는 프랑스 말로 당셰에게 이제 그만 놀라고 말했다. 우메도 사쿠라와 다미오를 끌어안으며 헤어짐의 인사를 시키려고 했다. 깐 교수가 자리에서 일어나 다시 한 번 하오위엔의 손을 굳게 잡고는 잰걸음으로 출국장을 향했다.

“바이바이, 바이바이.”

아이들은 서로에게 열심히 손을 흔들었다. 통하는 말은 그 하나뿐이었다.

출국장으로 들어서기 바로 전에 깐 교수가 갑자기 걸음을 멈추더니 재빠른 걸음으로 다시 돌아왔다. 하오위엔도 오자카 유타카의 CD를 손에 그대로 들고 있다는 것을 깨닫고는 깐 교수에게 걸어가 CD를 건넸다. 깐 교수는 목에서 포도주색 목도리를 풀어 하오위엔의 목에 걸쳐 주고는 몸을 돌려 성큼성큼 걸어갔다.

잉루의 긴 코트 자락이 천천히 흔들렸다. 잉루와 깐 교수의 손에 그네를 타듯 매달린 당셰의 두 발이 둥둥 떠서 멀어져 갔다. 수많은 사람들의 뒷모습에 밀려 출국 심사장으로 사라져 가는 세 사람의 뒷모습에 사쿠라와 다미오는 있는 힘을 다해 외쳤다.

“바이바이.”

하오위엔은 우메와 아이들을 데리고 전망대 쪽으로 이동했다. 한겨울 낮은 하늘에 아침 안개가 엷게 끼어 있었다. 멀리에 나란히 선 비행기 세 대가 활주로를 향하고 이륙 순서를 기다리고 있었다.

“아, 비행기다. 사쿠라도 비행기 타고 싶어. 아빠, 우리 다음에 비행기 타고 어디 가자."

"나도 타고 싶어."

처음 비행기를 보는 사쿠라와 다미오가 흥분해서 조잘댔다.

"당셰는 어느 비행기 타는 거야?"

"저기 저 비행기일 거야."

우메가 다미오를 안고서 기체에 중국 항공이라는 글자가 찍혀 있는 두 번째 비행기를 가리켰다. 하얀 기체 한가운데에 그어진 파란 선이 꼬리 날개까지 이어져 있었다. 꼬리 날개에는 빨간 새 그림이 그려져 있다.

"당셰는 비행기 타고 어디 가는 건데?"

"중국."

"중국이 어디야?"

다미오가 물었다.

"아빠의 고향."

사쿠라가 아는 척을 했다.

"아빠의 고향? 고향이 뭔데?"

사쿠라는 대답하지 않았다. 두 번째 비행기가 움직이기 시작했다. 사방의 안개도 강렬한 아침 햇살에 지워져 보이지 않았다.

눈부신 빛이 네 사람의 얼굴에 쏟아졌다. 하오위엔은 아픔을 느끼고 눈을 비볐다. 비행기가 속도를 올리면서 활주로를 내달리더니 마침내 이륙했다. 저 멀리서 조그만 기체가 아침 햇살을 금빛으로 반사했다.

한참이 지나 하오위엔은 우메와 사쿠라와 다미오를 천천히 돌아보면서 일본어로 말했다.

"고향이란 자신이 태어난 곳이야, 그리고 죽는 곳. 아빠와 엄마와 형제들이 있는, 따뜻한 집이야."

"그럼 내 고향은 일본이겠네."

하오위엔은 다미오의 얼굴을 물끄러미 쳐다보고는 미소 지으며 말했다.

"이제 그만 집에 가자."